TOKYO リバーサイドストーリー
もんじゃ焼き編

東晃司

AZUMA KOJI

幻冬舎MC

TOKYOリバーサイドストーリー

もんじゃ焼き編

二〇一二年五月二十二日、東京スカイツリーが華々しくオープンした。

僕が生まれ育った東京の東部、墨田区に忽然と現れた巨大な、電波塔。親父の工場の路地から、それを見上げると、その圧倒的な存在感が際立つ。景色としてはきれいなのだろうが、なぜか僕は複雑な気持ちを、立った当時も、今も、禁じ得ない。街を歩けば、小さな工場ばかりで、それもやっていけなくて、駐車場や宅地、マンションに変わっている。商店街もさして流行の店などあろうはずもなく、少し駅から離れた大通りに面した店は、シャッターを落としたままのところも多い。

そのような街にクリスタルのような輝く塔が出来たのは、まるで日本の格差社会の象徴のようにも思えた。何十年かすれば、一つの風景に溶け込むのだろうか、それとも隅田川の上に架けられた高速道路のように、いつまでも溶け込まないのだろうか。

今のところ、僕の中では別々の風景だ。

一

僕が生まれたのは東京都墨田区業平で、スカイツリーが立ったところとはとても近い。元々あのあたりは鉄道の車両基地のようなところで、周りには何もなかった。スカイツリーが立ったところは、正確には押上だがほぼ向島で、向島もずいぶんすたれて久しい。江戸時代には美しかったであろう隅田川は、桜並木の上に高速道路が出来て、川と桜並木の景観を台無しにされてしまった。

昔は料亭も多くあり、ずいぶんと芸者さんもいたりして、街には彼女たちの笑い声がよく聞こえ、人通りも多く、賑わっていたと聞くが、今では彼女たちの姿を見るのは珍しい。商店街はほとんど壊滅的で、シャッターを下ろしたまま、買い手もつかない店がそのままになっている。ぽつりぽつりと、それでも地元の店があるのだが、みんなどうして続けていられるのか不思議なほどだ。小さい工場もかなりあったけれども、やっていけないところが多く、少しずつマンションとかに変わっていった。

僕は、そんな街に生まれた。僕の家は小さな印刷工場だったが、年々人も少なくなって、今では父と従業員一人で細々とやっている。僕が生まれた頃には十人ほどの社員がいた。毎日毎日、機械の音がしていて、父さんは時々、僕を膝の上に置き、工場の端にある木の机に向かって伝票を書いていた。しかし機械を動かしているときは、決して僕をその近くには来させなかった。きっと危ないと思ったからだろう。

たまに父さんにあげたいお菓子とかがあると小走りに場内を抜けて、父さんのところに行くのだけれど、決まって大声で怒鳴られた。

「ター坊、走って行っちゃ、駄目」

慌てて奥の台所にいた母さんが髪を振り乱してやってきて、

「何やってるの？　ここに走って来ちゃ駄目って言っているでしょ」

と言いながら、僕の手を掴んでは奥に引っ張って行かれたものだ。引っ張って行かれながら僕は、父さんがこちらを振り向きもせず機械に目をやり続けているのが、たいそう不満だった。父さんは、工場の機械の前では、ひどく真剣な姿勢を貫いていた。それは生涯変わらない仕事をする姿勢だった。たまに日曜日に父さん一人しかいなくても、それは変わらなかったが、食事や休憩のお茶の時間の時だけは違っていた。にこにこしながら、

「ター坊、来い」

と言っては父さんの近くに座らせ、意味もないのに僕は頬をなでられたり、つねられたりしていた。

僕も父さんの周りにいるととても幸せだった。従業員の人たちからも、かわいがられた。僕は人に喜ばれるのが好きで、何かお菓子があると誰彼なく持って行く癖があった。

「おい、これ、俺にくれるのかい？　うれしいねぇ。ありがとよ」

そんなことでも言われて笑って受け取ってくれると、本当に幸せな気分になるのだ。僕は母さんのところから、お菓子をまた取ってきては他の人に持って行く、その繰り返しを毎回やっていたような気がする。もちろん父さんにお菓子を持って行っ

て、黙っていても、にこにこしながら受け取ってくれたときは天にでも昇る気持ちになったものだ。そんな僕を母さんは黙って笑いながら見ていてくれた。毎日それが繰り返されていたのだから、家にお菓子がなかったことはない。

後で知ったことだが、僕がそれをすることが日課だったので、お菓子は絶えず買っておいたようだし、従業員や父さんもお菓子を毎日食べていたわけでもなく、僕が喜ぶので、それを受け取ってくれていて、それぞれの作業場の机の中にお菓子を溜めていたらしい。そんなことは僕が中学に入ってから分かったことで、それまでの僕は本当にお菓子をあげることが自分の役目、受け取った人が笑ってくれることが僕の仕事だと思っていた。

歌穂(カホ)ちゃんは幼なじみで、近くの駄菓子屋さんの娘さんだった。駄菓子屋と言っても下町のお菓子やジュースばかり売っているのではなくて、店の横に小さなテントを張って、夕方からそこに来る工場帰りの工員にビールやお好み焼き、もんじゃ焼きも出す店だった。昼でも子供たちがくると、サイダーや小さなもんじゃ焼きを出しては街のたまり場のようにしてくれる店だった。

　僕らの小さな情報交流の場所はここだった。店の横に出ている長い椅子を、僕と僕の家の隣に住むプロレス好きの真、学校の近くに住む僕らの唯一の知的友人、眼鏡の祐二、そしてお店の娘、我らのアイドル、歌穂ちゃんがいつも占領していた。僕こと河田孝通称タッキーと、横田真ことマコト、川村祐二ことユー、吉田歌穂ちゃんことカホこそは鉄壁の軍団だった。みんなが学習塾に通うことが当たり前になっていた時代だったけれども、なぜかこの四人だけは塾に行かない数少ない子供たちだった。

　マコトの家はお金がないとマコトも言っていたし、僕も毎日マコトの家を見てはそうだろうなと思っていたが、別にそれでマコトが引っ込み思案になるわけでもなく、僕たちもそれをつっこむような話をすることなどなかった。マコトのお父さんは板金の仕事をしていたらしく、毎朝早くに家を出て行った。

「毎日、毎日、タッキーの家は機械の音でうるさいんだよ。父ちゃんが眠れねぇ、眠れねぇって言っているんだぜ」

　僕はそう言われると弱いのだけれども

「悪いなマコト、うちはそれで食ってるんだから勘弁してくれよ。今度壁のクッションになる布団でも持って行ってやるからさ」

そう言うとマコトはいつも、もじもじしながら
「そこまでしなくてもいいけどさぁ」

と言ってしばらくはその話題をしないのだが、しばらくするとまた
「毎日、毎日、タッキーの家は機械の音でうるさいんだよ」

と言ってくる。その度に、いろいろな言い訳を僕はしていた。

「今だけだよ、夜まで仕事をするのは。そのうちまた暇になるんだからさぁ」

「夜はテレビを遅くまで、見るもんなんだ。テレビ見てれば気にならないだろ」

しかしいつも極めつけの言い訳は
「うちはそれで食ってんだからさぁ、勘弁してくれよ」

だった。

これがマコトには一番効くのだが、僕にしてみれば本当だったし、家族を自分がかばっているんだという小さな抵抗をしている気になっていたのかもしれない。いずれ

にしても平和な言い合いだった。このことで僕もマコトもお互いに心に恨みの根など持ったことはない。朝が早いマコトのお父さんには迷惑なことだったかもしれないが。しかし父さんの工場は、残業、残業が多かった時代もあったけれども、僕が中学に上がる頃には、もう工場は暇になっていて、マコトからも機械がうるさいと言われるようなことはなくなった。

マコトの家には母親がいなかった。理由は知らないし、聞いたことはない。ただ塾に行けるほど裕福でないことは確かだった。マコトはお父さんの影響でプロレスが好きだった。よく僕らにプロレスの技の話、特にバックドロップの見事さを興奮して話すのだ。

「いいかい、バックドロップというのはゲイジュツなんだ」

マコトはこの時、芸術の意味なんか絶対知らなかったと思う。

ユーの家は普通だったと思う。普通といっても何をもって普通かは分からないけれども、お父さんもいて、お母さんもいて、家は大きくはないけれど、うちの家よりもしっかりしているし、お父さんも毎朝、どこかに働きに行っていた。サラリーマンだったのだと思う。

ユーは小さいときから眼鏡をしていて、たくさん本を読んでいるようだった。何より、僕やマコト、カホが知らないことをたくさん知っている。僕たちはユーがいつも何か話し始めると黙って聞いていた。といったって話を真面目に聞いていたわけではない。話し始めると、ともかく終わらないのだ。しばらく話すと、きまって最後に眼鏡に手をやり、フレームを少しあげる仕草をする。その仕草を見て、ようやくユーの話が終わったのだとみんな思い、みんなが話し始めるのだ。最後に眼鏡をちょっとさわってあげる仕草をみて、僕たちは

「ユーは天才だ」

とからかった。

僕たちはくすくす笑いながら、ユーの話の最後の眼鏡をあげるタイミングを見て、それを言った。本人は、もちろん本当にみんながそう思って言っているのでないことを知ってはいるが、いつも気持ちよさそうにしていた。時々、嬉しくなると、

きゃっ、きゃっ、きゃっと甲高い声で笑うのが、癖だった。単純なやつだったけれども、本が大好きなのは間違いがなかった。なぜこんなに本が好きなのに、塾に行かなかったのか、いまだにそれは分からない。

カホは……カホの家はお父さんがいなかった。その理由も聞いたことはなかったし、僕らの間では何も大事なことではなかった。

カホはとにかくお母さんを手伝っていた。夕方から混み合う店に出ては、大きなオトナの間をコップを持って行ったり、温かいお好み焼きを持っていったりしていたものだ。お母さんが食べ物をつくったりしていたので、忙しいとどうしても手伝わされていた。もんじゃ焼きだけは、お客さんのテーブルでつくるのだが、お客さんの中に作れる人がいなかったり、自分たちで作るのがめんどうくさくて作ってくれと頼まれたりしていたので、もんじゃ焼きの時は、お母さんも、カホも大変だった。むろん塾なんか行く時間はない。

僕が塾に行かなかったのは訳がある。というか実は一回塾には行っている。学歴社会なんか、もうとっくのとうに崩壊していると言うのに、大学を出ていない父さんは僕には塾に行って欲しいと言った。それで塾に行ったまでのことだ。はじめっからやる気がないから、そのうち
「行ってきまぁす」

と言っては、塾に行かず、どこかに遊びに行くようになった。

ある日、学校から帰ると工場で手伝いをしていた母さんから呼ばれた。その時だけは、どういう訳か、工場の中に来いと言われ、僕は黙って母さんがいるところに行った。

「お前、なんで呼ばれたか分かるか？」

僕は内心もしかしたら、塾に行っていないのがばれたかと思い、冷やっとしたが
「いや、わからないよ」

と言った。

その瞬間、初めて母さんは僕の頬をたたいた。そしてしばらく何も言わず、黙って

また機械の側で包装紙を切りながら
「今日、塾の方から電話があったんだ。お前、塾に最近行ってないんだって？　月謝がもったいないから、続けるかどうするか、聞かれたんだよ」

そう言って母さんは僕の方は見ずに、ハサミで紙を切りながら黙っていた。僕はぐうの音もでなかった。父さんの方を見ると相変わらず黙って機械を回していて、僕の方は見ていなかった。ふと母さんの横顔を見ると涙が流れていた。

「どうするんだい、お前。塾に行くのか、行かないのか？」

母さんは僕に聞いた。

「ごめん……行くよ。塾に行く」

僕が小さな声で言うと言葉も終わらぬうちに父さんの大きな声がした。

「行かなくていい」

えっという顔で母さんは父さんを見て、僕も見た。

「行かなくていい、嫌なら行くな」

もう一回父さんは言った。

あまりに気まずくて、僕はその後のことをはっきり覚えていない。僕の中ではとても辛いことで、その後、父さんが何日も僕に話をしてくれなかったことだけは覚えている。ともかくそれ以来、僕は塾に行っていない。

僕たち四人の友情は、この街で生まれ、この街で育った。隅田川がきれいな風景であった時も、汚く騒々しい姿に変わった時も、この固い絆はほどけないと思っていた。もっとも隅田川の風景は僕たちが生まれ育ったときも、今も大して変わりはしない。

しかし、僕たちが小さい時の隅田川はとてもきれいに見えた。父さんや母さんに連れられて隅田川の土手の桜並木の下を歩いて、大きな川の流れを楽しんだものだ。ことに春の桜の美しいときは人が多く、祭りの時は出店のようなものが並んで、僕はとても楽しかった。

祭りの定番のお面や綿菓子は必須の買い物だった。ことに夏の隅田川の花火大会の時は祭りそのものだった。遠くから人がこんなにもいたのかと思うくらいやってきて街を占領した。父さんの知っている人の高い建物に、みんなで押し寄せて窓から花火を見せてもらった。目の前に繰り広げられる花火は、まるでこの世の美しさを束にしているかのように何回も何回も僕を魅了した。父さんや母さんが僕に話しかけても僕は上の空だった。

「ター坊、ター坊！」

「待ってよ、振り向いたら花火を見過ごしてしまうよ」

いつも家族と一緒だったけれども、ユーの家の窓からも花火が見えたので、時々はマコトを誘ってユーの家に行ったものだ。残念ながらカホは花火の時は必ずお店の手伝いをしていたから、小さい時はカホは花火は見られなかっただろうと、つい最近まで思っていた。だから可哀想で花火の翌日は、僕は必ずカホの店に行っては、カホと花火以外の楽しい話をするようにしていたのだ。

「本当は花火よく見てたのよ」

そう聞いたのは最近だった。花火の時は親戚のおばさんが一人手伝いに来ていたので、いつも三十分くらいはカホにも見せたいと、カホの母親が休憩を与えていたらしいのだ。それを聞いて僕は、花火の翌日に行ってカホの話し相手になっていた日々を返してもらいたいと本気で思った。

カホの話だと、手伝いをして、汗だくになって、人の合間から見えた花火はたいそう美しかったそうだ。きっと僕が見ていた花火より美しかったに違いない。怠け者の僕が見る花火と、働き者のカホが見る花火に違いがなかったら不公平だ。時折しか見る機会がなかったけれども、花火自体もきれいなら、夜の屋形船の合間に見える、隅田川に映る花火もゆらゆらしてきれいだった。

それが、僕たちが中学、高校と進むうちに、花火の見る位置を確保しようとやっきになる人たちが街中にあふれてきはじめて、それを見ているうちに段々と興ざめていくのだった。だけどマコトやユーやカホとの友情だけは変わらなかった。相変わらずカホの店でもんじゃ焼きを作り、食べながら、学校の話から天空の花火の話まで、飽きることなく話していた。そんな時が僕はいつも好きだった。

僕が小学校低学年の時に、隅田川沿いにうんこビルが出来た。ビルの上にうんこが乗っているのだ。ビール会社の建物で、どうやら炎を金で表現しているらしいが、僕たちの中では、色といい、形といい、うんこにしか見えないので、うんこビルと呼んでいた。僕たちだけでなく、みんなそう言っていたが、父さんは、その会社の人と話すときは、

「素晴らしい芸術ですね」

などと話していた。

この界隈に大きな会社が来てくれることは何よりだし、特にここはビールを飲めるのでなおさらよかったのだろうが、考えようによっては、うんこビルと言われて親しまれるのもいいのではないかと思う。みんなにここが親しまれたのは、そのせいだと今も僕は確信している。

僕らはこの近くの建物の広々とした敷地に行っては、この大きな建物を見上げていた。僕たちの生活とはどこか縁遠い気がしていたが、夕方になると、カホの店みたいに人が集まってはビールを飲んでいたので、やがて僕らにも、とても優しい場所のように思えてきた。赤ら顔した真面目なおじさんたちがネクタイをしてふらふらしてい

たり、きれいなお姉さんがきゃっ、きゃっ言いながら飲んでいたりして、僕らにはとてもおしゃれなところだった。やがて働くようになり、はじめてここでビールを飲んだ時のおいしかったこと。自分の街にこんなところがあるなんて、とてもハッピーだなと思ったものだ。

……とはいえ、僕らはカホの店が本拠地だったことに変わりはない。僕もマコトもユーも、誰も言わなかったけれど、みんなカホのことが好きだったのだと思う。丸くて、かわいくて、人間の顔なのだけれど、いつも透き通るように透明な肌をしていた。声もとてもさわやかで、どうしてこれで、もんじゃ焼きやお好み焼きを食べることが出来るだろうと、僕は不思議だった。ユーはいつも本を片手に持って歩いていたけれども、もんじゃ焼きを食べるときだけはカホの言いなりになって、本をほったらかしにして、コテでもんじゃをつくっていた。

「ちゃんと土手作ってくれないとお汁が逃げちゃうじゃない」

そうカホに言われて、ユーは真っ赤になって眼鏡を曇らせながらも必死にもんじゃ焼きをつくっていた。僕とマコトは慣れていたので、もんじゃ焼きの作り方でカホに文句を言われたためしはない。天才ともんじゃ焼き作りは両立しないなぁと僕とマコトはユーを尻目に見ながら、余裕でもんじゃ焼きをコテで食べたものだ。僕たちがもんじゃ焼きを食べられたのは、僕らの小さい時のもんじゃ焼きが駄菓子の延長で安かったからだ。そして今店で出るような大きさではなく、ぐっと小さかった。また時々カホのお母さんが

「今日は食べていきな。ただでいいよ」

と言ってくれたのだ。

思い出してみると、あまりお金を出してもんじゃ焼きを食べた記憶がない。いつもカホのお母さんが食べていいよと言うときだけ食べていたのかもしれない。僕とマコトとユーはカホを寂しがらせないためにも店に行っていたと思っていたけども、カホの店には、かなり迷惑だったのかも知れない。それでも友だちは大切だからと大きくなって僕は過去を簡単に正当化してしまった。

もんじゃ焼きは東京の下町の食べ物だった。隅田川界隈や浅草、今では有名な月島

に立派なもんじゃ焼きの店があるが、もともとはおかしのようなもので、江戸時代からあるらしい。作りながら遊びで文字を作ったりするところから、文字焼き、もんじ焼き、もんじゃ焼きとなったとカホのお母さんから聞いていたけれども、本当かどうかは分からない。

それでも鉄板の上で、小麦粉を水で溶かして、きゃべつやイカやいろいろな具を入れてかき混ぜてソースをかけて食べるのは僕たちの大好物で、駄菓子屋さんで食べるのが常だった。大きくなってからも、もんじゃ焼きやお好み焼きを見るとついついどんなものか見てみたくなるし、食べてみたくなる。アメリカ人が小さい頃からコーラとハンバーガーを食べて育ったように、僕たちはもんじゃ焼きやお好み焼きとジュースで育ったのだ。

僕とマコト、ユーとカホは中学までは同じ学校だった。スカイツリーはまだその影もなく、ひっそりとした下町風情の街のままだった。中学生になると僕は野球部、マコトは柔道部、ユーは囲碁将棋部、カホは特に学校のクラブには入らなかったけれども、それぞれが忙しくなって集まる機会がとても少なくなった。僕が野球部に入ったのは、地元の近くの学校から王貞治という有名な野球選手が出ていたからだ。現役の頃は知らないけれど昔のビデオで見る王貞治は一人だけ際だって見えた。打つときに一本足になって構えているのにびっくりしたのを覚えている。それまではユーと同じ囲碁将棋部に入っていたのだが、そのビデオを見て、即座にユーにクラブとの決別を宣言した。

「俺は王貞治になる」

ユーがそう言った僕の顔をまじまじと見て例の眼鏡をあげる仕草をしながら

「タッキー、多分無理だと思うぜ」

と真顔で言われたのを覚えている。

それでも地元にこんな偉大な英雄がいるのだから、続かないわけにはいかないと思って、僕は決然と囲碁将棋部をやめて、野球部に入ったのだ。少し歩いて、王貞治が野球をしていたという公園を見ては

「王さんもここにいたんだ」

とつぶやいては誓いをあらたにして練習に励んだ。

しかしユーの言うとおり、僕たちの中学の野球部はとても弱かったし、僕も密かにプロ野球のスカウトが青田買いに近づいてきてくれるほどのレベルには到底達せず、草野球に毛が生えたレベルで終わってしまった。

それでも毎日楽しくて遅くに帰ることが多く、マコトやユーやカホとは段々と会えなくなっていた。学校で会うときもなぜか照れくさくなってきて、特にカホとはあまり喋らなくなってしまった。土曜日や日曜日にたまに部活の練習がないときにカホの店に行くと、たいていカホは店を手伝っていて、昔のように話してくれたけれども、僕の方が少し話せなくなったかも知れない。それでもカホの店に行くのは、僕の中では王さんになることと同じくらい大事なことだった。


マコトは柔道の才能があったらしく、柔道部に入るとメキメキ頭角を現し、学校でも地区でも注目されるほどの実力を持つようになっていた。

「すげぇー」

中学二年の時にはじめて、僕はユーとカホと一緒にマコトの柔道の大会を見に行って、本当に驚いた。あのどちらかというと軽々しい性格のマコトが立派な柔道着を着て堂々と相手と組んでいるのを見て、三人で顔を見合わせてしまった。

「あれ、本当にマコトか？」

試合が進み、どんどん勝ち進み、その日マコトはついに決勝まで残ったのだ。

「マコト、相手をよく見て、つかまえろー」

近くでだみ声でどなっているうるさい親父がいるなぁと思って、よく見たらマコトのお父さんだった。普段、黙っているところしかみたことがないのに、すごいテンパりようだった。

「行け、行け、行け」

マコトのお父さんが今にも死ぬかと思わせる叫び声をあげながら、応援しているのを見て、やっぱり息子が活躍するのは、うれしいんだろうなと思った。

「出るぞ、出るぞ」

部員たちがざわざわし始めた。

見るとマコトが相手の後ろに手をやり、腰から相手を持ち上げようとしていた。

僕がユーに
「あれって、プロレスのバックドロップじゃないのか」

と言うのもつかの間、本当にマコトはバックドロップのように相手を持ち上げて投げ飛ばした。ただそのまま、後ろに投げるのではなく、少しひねりながら投げるのだ。

「裏投げっていうらしいぜ。マコトの得意技らしい」

ユーが教えてくれた。得意技が出るので、みんな、出るぞ、出るぞと言っていたようなのだ。でも僕には、やはりあれはバックドロップに違いない、マコトは小さいときからプロレス好きだったからなと思っていた。

技が決まり、場内に大きく
「一本」

という審判の声がした瞬間、大歓声になった。

マコトのお父さんは気が狂ったように何かわめいていたし、全員が立ち上がって、拍手して、叫んでいた。もちろん僕とユーとカホも

「すげぇ、やりやがった、マコト！」

と言って、みんな大喜びだった。みんなで柔道部の部員のいるところまで押し寄せて、

「マコト、マコトー」

と言いながらマコトに手を振った。

「オー、やったぜ」

マコトは僕たちを見つけて何度も何度も手を振ってくれた。近くではマコトのお父さんが泣いていた。

「マコトさん、すごい」

カホも顔を紅潮させてマコトに手を振っていた。はじめて見るマコトの柔道の試合が地区優勝の試合だなんて、かっこよすぎるなぁと僕は思っていた。同時にカホがマコトを見て喜んでいるのに、少し嫉妬してしまっている自分がいるのに驚いた。

「それでさぁ、相手がずるいんだ、肘のところまで厚くテーピングして、柔道着の袖

がつかめないんだよ」

もんじゃ焼きを食べながら話すマコトの言う意味がいまいち分からなかったけれども、僕とユーとカホは、今日ばかりは黙ってマコトの話をうんうんと聞きながらもんじゃ焼きを食べていた。

「そうか、そうか、それでマコト、あの技、やっぱりバックドロップじゃないのか、アントニオ猪木のビデオを見て覚えたのか？」

僕はわざと笑いながらマコトに返したら
「タッキー、おまえ、柔道わかってないなぁ」

と軽く話をいなされて、またとうとうと試合の細々としたことを話していた。

試合の次の土曜日に、久々にマコトのおかげでカホの店に集まった僕たちは、楽しかった。熱々のもんじゃ焼きとジュースでマコトの優勝をお祝いしたのだ。それぞれ部活とかで忙しいけれど、昔と変わらないなと思ったものだ。カホはお祝いだからと言って、もんじゃ焼きだけでなく、いろんな食べ物を出してくれた。

「幸せだねぇ、マコトは。カホからこんなにお祝いしてもらっちゃってさ」

とユーがマコトに言っていたが僕も本当にそうだなと思った。

ユーがカホにラブレターを送ったのは次の年のことだった。最後の中学生活で、いよいよ来年の高校ではみんながバラバラになるぞという時だった。

「やっちゃった、やっちゃった」

学校で僕とマコトが話しているところにユーが眼鏡も落ちるかという勢いで駆けて伝えてきた。僕もマコトもユーも、みんなカホが好きだったたと思うけれども、小さいときから知っているだけに、それまでは誰もなぜかそれを言い出せなかったのだ。

ユーがカホにラブレターを出したと言ったときは、僕もマコトも顔を見合わせた。

「そう、出しちゃったの?……撃沈されないことを祈るよ」

とすまして僕はユーに言った。マコトは正直に

「ちくしょう、先を越されたか」

と言っていたが、僕もマコトも表面上はユーの成功を祝うということになっていた。

その日、僕は眠れなかった。ユーがカホにラブレターを出したというだけで、なん

で、こんなに気持ちが落ち着かないのだろうと思った。何度も寝返りをうっては、カホの笑顔が浮かんでは消えた。

カホから相談があると学校で言われたときは、嫌な気がした。ユーのラブレターにどう答えるかということを僕は聞きたくはなかった。それでも気持ちだけは突っ張って、

「分かった。カホの相談じゃあ聞かなくちゃな。じゃあ、学校の帰りに店に寄るよ」

と僕はカホに言ったのだが、カホは店ではなく僕の家の近くの隅田公園の池の辺りで待ってるからと言った。ますます僕は嫌な気がした。

「そこってデートするところだろ？」

カホは僕の冗談には笑わずに先に行って待っているからと言って僕のそばを離れた。

隅田公園は隅田川を挟んで浅草側と向島側にあった。桜が咲く頃は、どこもかしこ

も人だらけで落ち着かないが、同時にみんなで花見をした思い出がたくさん残っている。カホが言う隅田公園とは、その中でも言問通りに面した牛嶋神社の隣を指す。僕の家からはもっとも近い公園で、中心に花見をする大きな広場と池があった。ここは水戸の徳川邸跡を公園の一部にしたらしい。

僕は牛嶋神社の鳥居から入り、そのまま左に抜けて公園内に入った。池の前に藤に覆われた東屋があり、僕はそこの木のカギ型の椅子に座っていようと思った。池には珍しく鶴がきていた。まだカホは来ていないらしく、ホッとした。しかし、いつもそうだが、言問通りと三ツ目通りの車の通る音がうるさいのと、隅田川の岸辺の上を通る高速道路が景色をアンバランスにしていて、妙に落ち着かない。都会の公園とはこんなものかもしれないが、せめて今日は静かな公園であったらどんなにいいかと僕は思った。

「河田君……」

カホが僕が池を眺めている横から声をかけてきた。普段はタッキーと呼ばれるのだけど、時々河田君と呼ばれたりもする。どちらもカホから言われると、なんとなくうれしい。

「おお、来たの？」

カホは黙ってうなずいて、そのまま僕の横に座った。こういう時、この東屋の椅子が長いので助かる。

「ごめんね、呼び出すようなことをして」

「珍しいよな、相談なんて」

またカホは黙ってうなずいたようだ。もうこの時僕はカホに顔を向けず、池の方に視線を向けながら話していた。その方が多少でも話しやすいと思ったからだ。カホも同じように僕の隣にいて、顔は池を見つめたままのようだった。

「わたしね、わたし、もう学校に行けないかも知れないの」

「えっ？」

思わず、僕はカホに顔を向けた。てっきりユーのラブレターの相談だとばかり思っていたので意外だった。

「どういうこと？」

「この間、夜中にお母さんが小さく電気をつけて、泣いていたの。わたし、何があったのって聞いたんだけど、かほ、かほって言って何も言ってくれないのよ。次の日に聞いたら、わたしが来年行く高校のお金がないんだって」

僕は急に目の前の世界の色がなくなるような気がした。

「おばさんが……」

「そう、わたし学校なんか行かなくていいのよって、すぐ働くからって言ったの。そうしたら、そんなことさせられない、高校までは行かなくっちゃねって」

僕はさっきまで学校で考えていたことが急に恥ずかしくなってきた。カホは全く違うこと、とても深刻なことを考えていたのだ。

「おばさん、大丈夫かな。そんな難しいこと、どうすればいいんだろう?」

「いや、わたしはもう働くからいいって言っているんだけど、お母さんは自分が泣いていることやお金のことをわたしに話してしまったことを、とても後悔していて、それ以来何もそのことは話してくれないの。大丈夫だ、大丈夫だとばかり言って……」

そうか、それでカホはカホの店でなく、公園で話したいと言ったのかと僕は思った。

「ねぇ、河田君……タッキー、どうしたらいいと思う？」

「それは……僕には……弱ったね」

僕には分からないと言おうとしたのだが、そうしたらカホは何も話さなくなると思った。

「……ずるい言い方だけど、もう少しおばさんの考えを聞いたらどうかな？」

「えっ？」

「確かに大変だと思うけど、おばさん、何か考えがあるんじゃないの？　言わないから心配になるだけでさ。もうしばらくしたら、また聞いてみたら、どうかな？」

カホは黙って、僕の顔をみつめていた。空は暗くなりかけていて、車の通る音だけがしていた。何か確たる考えというわけではないが、今カホが将来をすぐ決めるのは早いと僕は思ったのだ。

「そう、考えてもいなかったわ。中学出て、そのまま働くかどうかだけ考えてたの。そうすればお母さん困らないと思った……」

「そんな大事なこと、勝手に決めるなよ」

僕は思わず強く言っていた。自分でも驚いて、しまったと思った。

「いや、そんな大事なこと……おばさんはカホに一番いい道を望んでいるはずだよ。少し困った顔見たぐらいで、勝手に学校行くのをやめたら、おばさん困るだろ、勝手に働き始めたら困るだろ」

勝手になんて、僕はまた強い言葉を使っていた。言いながらカホの顔から目が離せなくて困った。カホは黙っていた。黙って、上目遣いで僕の顔を見つめていた。

「いや、まっ、僕はそう思うんだけど……」

そう言って僕はまたカホから池の方に視線を変えた。視線を変えなくては、この時間に耐えられないと思った。

もう薄暗い公園の中で白い鶴がいるのかいないのか、何かの鳥が何羽か池にいた。しばらく僕もカホも何も話さずに、時間だけが流れていた。僕には止まったような時間だったが。

「俺の家だって、そんなに楽じゃなくてさ……」

何か話さなくてはと思い、僕はやはり池を見つめながら言いかけた。

その時、ふっと重いものが僕の左肩にかかってきた。カホが僕の肩に倒れかかったように少しだけ寄りかかってきたのだ。僕はしばらく動けずに、何も言えずに、そのままにしていると、カホの少し泣いているような声がした。そして小さな声がした。

「ありがとう」

僕は何も言えずにうなずくようにした、カホにも分かるように。カホはきっと誰にも相談できずにずうっとその想いで胸がいっぱいだったのだろう。それがはじけたような、そんな感じだった。僕は黙ってまたうなずくような素振りをした。カホは立ち上がり、僕に向かって、言った。

「わかったわ、すぐに決めないで、もうちょっとたったらお母さんに聞いてみる」

ようやく僕も立ち上がったカホを見上げた。

「おっ、そうか」

「タッキーに相談してよかった」

今日はじめて見るカホの笑顔だった。

「おっ……そうか」

僕は意味もなく言い、カホを見つめた。

「ありがとう」

そう言ってカホはそのまま東屋を出て、なかば走りながら公園を出て行った。

僕は何も言えずそのまま夕闇に消えていくカホの後ろ姿を見ていた。


僕がいつ、どうやって家に帰ったのかは、覚えていない。真っ暗な公園を歩いてきたことも、家に入るとき母さんが、食事だよって言ったことも、何も覚えていない。何かとても甘い時間が過ぎていたような気がした。そのまま布団の中に入って、僕はカホのことを想っていた。といって何を考えていたというわけでもなく、公園で僕の肩に寄せられたカホの感触だけが漂っていた。そして、そのまま眠ってしまった。


カホに振られたユーが学校で僕に話しかけてきた。

「タッキー、知ってるかい？　マコトのこと。高校行かないんだってよ」

「えっ、聞いてないぜ」

「いや、俺も柔道部の人から聞いたんだ。柔道の強い高校から誘われていたらしいんだけど、行かないって。働くんだってよ」

僕は急に不安になってそのままマコトのいる教室に向かった。それにしてもユーはカホに振られたのに元気なもんだ。けろっとしている。振られた翌日は、僕とマコトのところに来て、

「もう僕の人生はなくなった。生きている意味がない」

とか
「僕は一生、一人で生きていくんだ」

とか、訳の分からないことを言っていたが、三日もすると平気でカホとも笑って話していた。

僕は多少ユーのことは心配したが、それを見て、こいつは千年生きるんじゃないかと思い、心配するのをやめた。今のマコトの方が心配だ。教室に行くと、マコトはいつものように友達と話していて、元気に笑っていたが、僕とユーを見つけると、椅子

から立って、僕たちの方にきた。

「どうしたんだ？　二人して、何かあったのか？」

「何かって……お前、高校行かないんだって？」

と僕が言うと
「あっ、話してなかったっけ？　ごめん、ごめん。父ちゃん、手けがしてさ、働けたり、働けなかったりなんだよ。高校なんか行けねえよ」

あっさりと、しかも明るくマコトは話した。

「一足早く働くからさ、まっ、よろしく」

僕とユーは、何も言えなかったけど、マコトから直接話を聞いて安心した。僕はマコトの話を聞いてユーと目配せした。

「そうか、じゃ、中学の卒業前に、みんなでカホの家に集まって、もんじゃ焼き食べようよ」

ユーが言った。

「いいね、それ」

マコトが言い、僕が頷いた。

日本は貧乏な国になった。いかに国がそれを誤魔化そうとしても、僕たちは小学生の頃から、それをよく知っている。給食費を払えない子はザラにいたし、会社の倒産やリストラによって急に友達が学校に来なくなったり、転校したりは珍しくはなかった。街の商店街は、近くの大型店に客を奪われてしまい、段々と客が来なくなってきて、いつしかお店のシャッターが下ろされたりしていた。そうかと思えば休みの度に海外旅行に行く生徒。どうしてコイツだけ毎年海外行けるのか、どうして僕たちは行けないのか、その同級生を見て、思ったものだ。

そんな僕たちではどうしようもないことのために、僕たちの運命は変わっていく。

中学卒業前の土曜日だった。僕とマコトとユーはカホの店で、僕らの卒業を祝った。

「それじゃ、俺たち、カホともんじゃ焼きチームの卒業を祝って、カンパーイ」

音頭をとったマコトの言葉に合わせて、僕とユーとカホも続いた。

「カンパーイ」

とても日差しが強い日で、まるで真夏を思わせる日だった。

「ところで、いつから僕たちは、カホともんじゃ焼きチームになったんだ」

コテで、もんじゃの土手をつくりながら、ユーが言った。

「私もはじめて聞いたわ」

カホも不思議そうにマコトに問いただしたが、マコトはのんきなもんで、

「いや、今、つくったの。いい名前じゃん」

と言っていた。

そう言われればそうだなと僕も思い、マコトに従った。

「いいね、僕たちのチーム名」

「チームのTシャツでもつくろうか」とまた、マコト。

「ええっー、なんで私の名前なのよ」

カホはふくれっ面をするふりをしていたが、内心嬉しそうなのは明らかで、少し笑

いながら、やはりコテでもんじゃ焼きをとりながら言った。

「まっ、カホは俺たちのアイドルだからな」

僕はそう言って、しまったと思ったが、後の祭りだった。それまで和気あいあいとしていた僕たちの会話が途切れて、しぃーんとしてしまった。カホに振られたユーが言った。

「まっ、そう言えばそうかな」

マコトも
「まっ、そう言えばそう言える」

僕は、はやくこの雰囲気を変えないといけないと思い、

「じゃあ、カホともんじゃ焼きチームでいいじゃん」

そう言って、僕はみんなを見ずに、もんじゃ焼きを食べるコテで、最初の一口を食べ始めた。カホはというと少し顔を赤らめていたようだった。

それにしても、まったく僕たちは小学生並みの仲の良さだ。中学生にもなって、最後まで、この四人で集まっていたのだから。

「はいよ、みんなこれも食べてね」

カホのお母さんが、なんとメロンを持ってきてくれた。

「おばさん、ありがとう」

カホのお母さんは、いつも手ぬぐいを首にしていて、たくましく、汗をかいていた。二の腕も女性とは思えず、体つきはふとくて頑丈そうだった。きっと、三十年か、四十年したら、カホもこうなるのかと、複雑な心境で、ぼくはカホとお母さんを交互に見ていた。

「人生は分からない」

僕がつぶやくように言うと、ユーが乗ってきた。

「ホント、人生分からないよね、マコトが就職するなんて」

僕が言う意味と全く違う意味で、ユーが感心しながら、語り始めた。

「出た！　ユーの人生論」

マコトがユーをからかいながら言った。

「だいたい仕方ないだろ、家に金ないんだからさ、選択の余地無し！　オレは、働いて、矢沢永吉みたいに成り上がるんだ」

「でももったいないわよね、あんなに柔道が強いのに」

「でも柔道じゃ飯食っていけないからな」

マコトの言葉に、僕たちは、何も言えなかった。

確かにそうだよなと思ったし、今の場合、何を言ってもマコトには慰めにもならない気がした。しかし、当のマコトには、全く悲壮感もなければ、迷った様子もないのだ。僕は、そんなマコトを見ながら、たいしたもんだと感心していた。

「確かにな、それにしてもお前は親孝行だよな。柔道しているマコトよりも、働いておやっさん助けようっていうマコトは、かっこいいぜ」

僕が言うと、みんなが追随した。

「そうね、確かにタッキーの言う通りだわ。かっこいいわよ、マコトさん」

「それがさ、そうでもないんだよ。親父は中学中退だったから、最後までもう反対でさ、結構大変だったんだ」

「それにしては悩んだ形跡ないな」

僕が言うとカホが続いた。

「ほんと、マコトさん立派だわ」

するとマコトは調子に乗り、

「そうだろ？　惚れ直しただろ？」

みんな一斉に笑った。カホだけが、真顔で
「何言ってんのよ」

と言って、むっとした顔をしていた。

「そうだよ、カホに振られた僕を目の前にして」

もんじゃ焼きを食べながら、ユーが冷静に言った。

「お前、立ち直り早いね」

僕は、そう言いながらカホを見た。あの牛嶋神社で話して以来、妙にカホのことが気になって仕方なかった。そうとはいえ、まともに話すことも出来ないままでいたのだが。

「そういえば、カホどうするの？」

ユーがカホに言うと

「わたしはね、近くの都立の高校に行くことになったのよ。墨田川高校」

「あっ、ずるいな、すげぇ近いじゃん」

とマコト。

僕は前に都立だったらなんとか行かせられると、カホのおばさんが言っていたとカホから聞いていた。カホは、やはりタッキーの言うようにすぐに決めなくてよかったわと言ってきていた。

「うちもお金大変だから、私立は全く無理なのよ。なんとか都立受かってよかったわ。バイトはしないと行けなくなっちゃうかもだけど」

「カホは頭いいからな」

マコトがなんとなく寂しそうに言った。

「タッキーは？」

カホが僕に顔を向けて聞いてきた。

「俺？　俺は千葉県の学校にした。頭悪いからさ、ほとんど落ちちゃってね」

本当のことだった。何しろ、勉強はしなかったから。それを言っても、みんな僕の将来には関心がないのか、ふぅーん、で終わってしまった。

ユーだけは、この町を離れることになる。八王子の方の高校になると言っていた。三月の末には引っ越すのだという。


……僕たちはお互い、何も言わなかったけれども、もしかしたら、今日でこの四人で会うのは最後かもしれないと思っていたような気もする。たいしたこともない中学最後の集まりだったが、いつまでもたわいのないことを話し続けて、なかなかみんな帰らなかった。

「それにしても、このもんじゃ焼き、よく食べたな」

マコトが言うと、みんなが異口同音に
「本当だよ。カホのお母さんには、よくしてもらったな」

「そんなことないわよ。みんな来てくれるの、お母さん、いつも楽しみにしていたもん」

「カホ、お母さんとみんなで写真撮ろうよ」

「あっ、それいい、タッキーに賛成」

「カホ、お母さん、呼んできてよ」

「えっ、お母さんも、いいの？」

「もちろんだよ、お母さんのもんじゃ焼きで、僕らは育ったんだからな」

「お母さんともんじゃ焼きチーム」

「あっ、それいいね、カホからお母さんに変更！」

僕ら四人とカホのお母さんは、もんじゃ焼きを前に、一緒に写真の中に収まった。

これからの僕たちの運命などは、誰も知る由もなかった。

二

中学を卒業して十年が経った。同じ街で育った僕ら四人は、まずマコトが働き始めて、めったなことでは会わなくなった。同時にユーも街を離れてしまい、ほぼ音信不通。僕とカホはたまに町で偶然会ったら立ち話をする程度の間柄になってしまった。僕はカホを意識はしていたのだけれど、どうにももう一つ、二人の間を縮めるような言葉を出せなかったのだ。みんなどこで何をしているのか、定かでない時があっという間に過ぎていった。

そして街の中心で大きな土台工事が始まった。いよいよスカイツリーの建設が始まったのだ。

ユーから突然、家に電話があった。それまで年賀状がくるくらいで、僕たち四人の中では、もっとも何をしているか分からないのがユーだった。そのユーが十年も経った今頃になって、僕に電話をしてきたのだ。

「いやっ、久しぶり。ユーだよ」

「どうしたんだ、突然、電話してきて、近くにでもきたのか？」

「いや、そうじゃないんだけどさ、ちょっとタッキーに会いたくなってね」

「まさかゲイにでもなって、俺にアプローチしてきたか？」

きゃっ、きゃっ、きゃっと昔ながらの高いユーの笑い声が電話口でした。

まともに十年も会っていないのに、声を聞いただけで、昔に戻れるもんだなと、僕は話しながら思っていた。

「とりあえず携帯の番号、教えてよ」

「いいけど、本当にどうしたんだ、いきなり」

「いいじゃないか、昔の仲間でしょ。ちょっと会いたいんだよ」

「お前、今、どこ？」

「家は青山なんだけど、事務所は、ヒルズ」

「青山なら、俺の会社も青山だ」

「出来れば、明日でも、事務所の方で会いたいんだよ」

「事務所って、ヒルズ？　どこ？　ヒルズって？」

「六本木ヒルズだよ」

「えっ？　そんなとこに会社あるの？　いいとこ入ったなぁ」

「まあね、明日はどう？」

「いきなり明日かよ、まっ、いいよ、どうせ青山から近いしな」

僕は、自分の携帯の番号を伝え、ユーの会社の電話とユーの携帯番号を聞いた。会社には新規の顧客候補がいるからとでも言って出ようと思っていた。


その頃、僕は青山の広告代理店に勤めていた。それほど大きな会社ではなかったけれども、出来たばかりの会社で、活気があった。

広告代理店は人気の職種だったので、とても受からないと思っていた。面接の前の日に読んでいた宮本武蔵の本に、人と対峙するときに目と目で決まることもあると書いてあったので、翌日、面接官の目をじっとみてそらさず、俺は宮本武蔵だと思って受け答えした。それが幸いしてか、その会社に合格した。部署は営業だった。しかし実際には広告について何も分からず、どうしたものかと就職してから上司に聞くと、「お前、たいした心臓だな。広告の中身も全く分からずに入ってくるなんて。はじめてだぞ、そんなやつ。まっ、営業だから、ともかく元気にクライアントのところに行って、気に入ってもらえ」。

案外、上司もラフな人で助かったが、はじめの一年は、本当にちんぷんかんぷんで、ノイローゼにでもなるかと思ったが、自分なりに考えてやればいいんだと開き直ってからは、飲み込みが早くなったようで、楽に仕事が出来るようになった。

三年もするといっぱしの広告マン気取りで、平気でモデルの女の子にアタックするような典型的な広告代理店の営業マンになっていた。上司は、広告代理店の営業は、男芸者にやくざの世界、とか言って、お客さんにとりつくことと、筋道を間違えないことだと、いつも僕に説教してくる。確かにマーケティングだなんだと言っても、本質はそうかなと僕も思い、マメにお客さん、クライアントのところに出かけて、飲み会やゴルフもそこそこつきあえるようになった頃だった。

「タッキー、おまえ、今、ハッピー？」

ユーは昔のように、眼鏡に手を添えて、僕と会うなり、いきなりそんな言葉を言ってきた。

「ユー、おまえ、頭、狂ったのか？　だいたいここはどんな会社なんだ？　ワンフロア丸々借りているようだけど、社長ってどんなやつ？」

「なんだよ、タッキー、かっこよく会話しようと思ったのに。昔のママじゃないか。ここはさ、僕の会社」

「嘘つけ、よほど悪いことでもしない限り、無理でしょ」

「いやっ、本当なんだよ、ほらっ」

そう言って、六本木ヒルズの高層階の応接室で、ユーは、会社案内を僕に見せてくれた。そこには、Y&Y Asia ltd.という社名と業務内容が書かれていたが、よく見ると社長挨拶のところに川村祐二とあり、ユーの今の顔写真が載っていた。続いて名刺をもらったが、確かに代表取締役と書いてある。

僕は、それを食い入るように見つめて、目の前のユーと交互に見比べた。

「ほんとうだ。……宝くじか？」

「もう、いやんなっちゃうな、僕の実力、自分の力で会社つくったんだって」

そう言って、ユーは、代表取締役の名刺を指さした。

僕は、しばらく言葉が出なかった。大学を出て三年そこそこ。僕の周りで会社をつくったやつさえもいないのに、ましてやそんな年月で、六本木ヒルズなんかで社長やってるやつなんていいようはずもなかった。

「信じられない……。どうなってんだ」

「ゲームソフトだよ、ゲーム。ストーリーのあるゲームを、いろいろな仕掛けをしてユーザーの判断次第で違うストーリーにもなるソフトを開発したんだ。それを大手が買ってくれてさ、それで出来た金を株に投資して、また儲けたんだ。そしたら、それも当たってさ、それを元手にさらに投資したら、それも当たって、気がついたら、十億近くのお金が貯まっちゃってさ……」

「十億!」

僕は、ソファから立ち上がり、応接室の窓辺に寄っていった。夕刻だというのに、かなり外は暗くなっていた。窓から見る東京は、どれもこれも小さく見えた。ここでは神宮の花火も目線より下に見えると聞いた。この風景の、どこか見えない先に、何十年も働いて少しもお金が手元に残っていない父さんと母さんがいる。マコトにしてもカホにしても、貯金なんかないいんじゃないかと思う。僕だって、ほんの少ししかない。しかし僕の目の前にいるユーは十億……なぜか不公平な気がして、仕方がなかった。パソコンで、こちょこちょやって十億、まじめに五十年働いても、ほんの少ししか残らない現実。そう思うと、急に僕は腹立たしい気持ちになるのだった。

「ところで、俺に何の用なんだ?」

まっすぐにユーのことは見ずに僕はつっけんどんに聞いた。窓の外をみやったままだった。

「タッキー、今、おまえハッピー?」

僕はさっきと同じ質問をするユーの意図が分からなかった。

「ハッピーと言えば、ハッピーだし、ハッピーでないと言えば、ハッピーでない」

「実はさ、タッキーに僕の会社の仕事を手伝ってもらえないかと思ってさ、もし今、あまりハッピーじゃないんだったらね」

そう言う意味で、ユーは僕にハッピーかと聞いたのか？　ようやく、なぜ僕がここにいるのかを知った。

「中学から十年だぞ、お互い変わったかもしれないのに、そんなに気軽に言っていいのか？　だいたい俺はゲームなんかしない」

「それは心配ないよ。会社つくったのはいいんだけど、信頼出来る人が誰だか、分からなくてさ。それでタッキーのことが思い浮かんだんだ。タッキーなら信頼できるって。十年ぶりに」

「十年ぶりに！」

僕は、頭がくらくらしてきて、もう一度、ソファに座って、ユーを見た。

「この会社のY&Yって、どういう意味だ？」

とりあえず何を話したらいいかも分からなくなってきたので、先ほどの会社案内をみながらユーに聞いた。

「表向きは、あなたとあなた、コミュニケーションを広げようという意味なんだ」

「なんか気持ち悪いな。裏の意味は？」

「Ｙｕは僕の名前のＹｕ、次のＹｕは顧客のＹｏｕ。僕とお客さんという意味なんだ」

「なんか訳の分からない名前だな」

「そんなことないよ。いい名前だよ」

さすがに十億稼ぐやつの頭は分からないと僕は、思った。

「今、俺さ、広告代理店で働いて、それなりに充実してるんだ。俺とユーだって、十年会ってないんだぜ。もしかしたら、仕事し始めたら喧嘩になるかもしれないし、喧嘩したら、ユー、おまえは何も失うものはないが、俺は全部失う。そんなに気軽に誘うなよ」

「タッキー、相変わらずだね、ちっとも変わらない。でもタッキーらしくていいや。

他の人にこの話をすると十人が十人、仕事の内容も聞かずに、僕の会社に入るっていうんだぜ」

「金、目当てだろ。そんな奴らは」

「そうなんだよ、そこだよ、そこ。だから信頼できる人が身近に欲しいんだ」

「まっ、考えとくわ。それより、久しぶりに飲みにでも行くか？　頭がくらくらしてきたよ」

「えっ、僕の会社、本当に興味ないの？」

興味がないと言いそうになったけれども、あとで気まずくなるのもいけないから、迷ったフリでもしようと、とっさに飲もうと言ったのだ。

「いや、大事なことだからな、もう少しこの会社のことと、今のユーのこと知ってからだ」

ユーは、そう聞くと嬉しそうに、

「そう、ありがとう、なんでも聞いてくれよ、なんでも話すからさ」

「とりあえず、飲みに行こうぜ」

「分かった。そうしよう」

どうしてこんな単純なやつが、成功しちゃったんだろうと僕は考えていた。人生は分からないものだ。


ユーの話は退屈だった。十年ぶりの親友に会ったというのに、話が噛み合わない。軽くジャズが流れる六本木のバーで、僕はユーと飲んでいた。だいたいバーというのが気に入らない。僕たちは居酒屋だろ、普通、と思っていた。

「いや、なんたって、一瞬なんだよね、金持ちになるっていうのは。本当に一瞬さ」

ユーの自慢話が終わらない。

「そうかい、一瞬ね。俺は分からないよ。金持ちになったことがないからさ。でも一瞬で金持ちになったんだったら、一瞬で金がなくなることもあるんじゃないの？」

そう僕が言うと、ユーは、きゃっ、きゃっ、きゃっと例の甲高い笑い声をあげながら、

「ばかだなぁ。タッキーは。お金は来たら離れないのさ。大きくなるだけだよ。それ

も僕は経験した。少し、時間はかかるけどね」

「そういうもんかね」

「ところで、タッキー、カホは元気？」

ふいにユーは話題を変えた。

「カホ？　いや、最近俺も会ってなくて分からないんだ。確か、高校出て、錦糸町の小さい不動産会社に入ったって言ってたな」

「そう。……もし携帯番号とか分かってたら、教えてくれないか？」

「ああ、いいよ、俺も分からないから、今度、街であったら、聞いとくよ」

本当は、僕はカホの携帯番号は知っていた。付き合ってはいないけれども、昔から同じ街で育って、二人とも、そこから離れないのだから、否が応でも今も街ですれちがうことはある。しかしなぜか素直にユーに番号を知らせるのはためらわれた。なぜかはよく分からないが。

「会いたいな。カホに」

「お前まだ、好きなの？」

昔、振られたのに、という次のセリフはさすがに控えた。

「そういうわけではないんだけどもね……マコトは？　マコトとは、たまには会うのかい？」

「ああ、マコトとは今でも、しょっちゅう会ってるよ。よく業平の居酒屋で飲んでる」

「カホの店は？」

「ああ、もちろん今でもお母さんがやっているから、時々はマコトと行くよ。カホがいたためしはないけどね。マコトは一人で行けないらしく、行くときは俺を誘うんだ」

「そう、今度、連れて行ってくれよ」

「ああ、そういうことならいつでもいいぜ」

その後の会話は、つまらないものだった。延々と今のユーの生活の話がつづく。若い経営者だけのパーティーや海外旅行の話。誰々っていう芸能人やスポーツ選手に会ったという話。聞いていると、自分の今の生活とかけ離れた話ばかりで、バカらしくなってきた。

「今度、ボートに乗せてやるよ。この間、買ったんだ。船は日本でははやらないけど、海外のセレブはみんな、もってるんだぜ。僕のは三〇フィートほどで小さいんだけどね」

「そうか、よかったな。じゃ、今度、モデルの女の子でも連れていくかな」

「モデル？　ああ、そうか、タッキーは広告やってるんだったよね。うちも雑誌広告は出すから、広告の時はよんでやるよ」

「ああ、頼むよ」

　僕は、もうまともにユーの話なんか聞いていなかった。変われば変わるもんだな、と思いながら、店に流れる名前も知らないジャズの音楽を聞いていた。

「もし君が、本当にうちにスポンサーになって欲しいんだったら、君が私たちに何が出来るか教えて欲しい。何のメリットもないのに、君の会社のような小さいところにテレビスポットなんか出せないじゃないか。そう思わんかね」

少し太り気味の、普段は我々の前には出てこない宣伝部長が僕にそう言った。担当者しか来ないはずの打ち合わせにいきなり、入ってきたのだ。担当者も困ったような顔をしていたが、部長の説教が始まると、もう諦めたかのようにペンを背広の内ポケットにしまい、僕と部長との話し合いを見つめていた。話し合いというよりも、ほとんど部長の業者への説教で、あわよくば、飲みに誘ってもらいたいのは見え見えだった。こんなやつらばかりだなと僕は白けた感じになっていたが、そのままにしては、仕事のチャンスがなくなる。

「まったくそうですね、おっしゃる通りです。僕たちにはなんにもとりえがないいんです。ですから、ひたすら、みなさんに気に入られるようなコマーシャルを作りますよ。何でも言ってください。何でもみなさんのご要望に忠実に応えます」

おっ、とした顔を部長は見せた。割にまともな答えが出たからか、そういう振りをしたのか。

「そうか、君はなかなかおもしろいな。どうだ、今日は僕も時間がある、もっとお互いに話し合うか？　どうだ、坂田君、君もたまにはかれらと突っ込んだ話が必要なんじゃないか？」

部下の担当者に同意を得て、そのまま食事にでも誘えってことだよなと僕は思った。

「そうですね、たまには河田さんともじっくり話しますか？」

完全に諦めたような担当者の答えだった。

……男芸者にやくざの世界。

会社の上司が僕に言った言葉だ。広告代理店っていったって、中小の場合、しょせん、それほど力の差があるわけじゃない。同じような宣伝案にどうしてもなるし、なるべく落ち目のテレビのＣＭの費用をもらって、売上げを大きくするのは何処も考えることではあった。あとは、いかに芸者のように客に気に入られるか、相手を褒めあげて、その気にさせるかしかない。下請けの制作会社がダイレクトに顧客に接しないように、しっかりやくざなみに人の筋道を壊さないようにしつける。それを言い表した昔ながらの言葉だった。

応接室の窓に雨があたっているようだった。そろそろ夕暮れ時らしい。

「ありがとうございます。せっかく部長さんがそう言ってくださるのでしたら、ぜひお願いします。場所を変えて、飯でも行きましょう」

いったいこの人からはいくらたかられるんだろうと僕は思っていた。


銀座のクラブはカラオケが歌えるＶＩＰルームだった。元タレントだったという女性がウイスキーをついでくれている横で、僕はお客さんが喜んでくれそうな古い歌ばかりうたっていた。就職して最初にぶつかったのが、クライアントの年齢と自分の年齢が合わず、会話も歌も遊びも合わないことだった。仕方がないので、会話は聞くことと相槌につとめ、歌は石原裕次郎のＣＤを買って覚え、遊びはゴルフを覚えた。はじめはどうにも落ち着かなかったが、そのうちに年が離れていても共通の話題や歌があれば、楽しく過ごせるようになった。それなりに努力はしてきたつもりだった。

「河田君は、よく古い歌を知っているね」

「父が好きだったものですから」

「ほぉー、なるほどね。それにしても珍しいよ。いつも社の若い者が歌うのを聞くと。わけがわかんない歌ばかりだからな」

父がカラオケが好きだなんてのは、嘘だった。僕の父さんは、カラオケなんか歌う世界にはいなかった。そんな余裕なんか、なかったんだ。

横についたきれいな女性が僕に話しかけてきた。

「ねぇ、あなたいくつ？」

「四十」

「えっ、えー」

「なわけないでしょ。でも今の精神年齢かもしれないよ」

「そうなのー」

やる気のないその甘えた声に僕はいっぺんに張り詰めた気持ちを失っていくのを感じていた。いったいなんて意味ない場所に僕はいるんだろうと思った。しかしそう言っては、仕事がなくなると思い、また僕はカラオケのマイクを握って、立ち上がった。

「さあさ、お立ち会い、どちらさんも、どちらさんも、注目！」

大きな声でマイクを持った手を高く掲げて叫んだ。

「今度はこの曲だー」

激しいイントロと同時にその時代に人気だった女性歌手の腰をくねくねする歌を歌い出した。

「私の、私のハートに、狙い撃ち！」

「いよっ、河田、もっと腰をふれぇ」

僕は何かを忘れるように激しく腰を振り、歌った。これでCMのスポットでなかったら、ただじゃおかないぜと思いながら。


僕の営業成績は、入社二年目を過ぎると猛烈にあがっていった。生来、人間関係での悩みがあまりないのが幸いしたのだ。関係が良かろうが、悪かろうが、やることはやるという態度は、この世界では圧倒的な力を発揮した。また広告代理店というきらびやかな職種にも魅力を感じ始めていた。

はじめ広告は看板屋さんのことかと思ったが、入ってみるとテレビやCMの仕事がメインで、イベントなんかも有り、モデルさんやタレントとも仕事が出来るので、ずいぶんと派手なものだった。昼の派手な仕事と夜の接待、土日のゴルフと、生活は仕事ばかりとなり、業平の家に帰るのは大抵夜中だった。会社からタクシーチケットなるものを持たされ、特に営業は使い放題だった。

ある商品の発表会の時だった。海外からのゲストが有名な女優で、前日に日本に入っているのにもかかわらず、発表会の十五分前になっても来ていない。何度も何度も、女優を呼んだ事務所の担当女性に電話するのだけど、通じない。

「河田君、まだかね。あと十分だぞ」

「すいません、もうくると思うのですが」

顧客の宣伝部長に焦って言われても、連絡がつかないなんて言えやしない。ともかくも電話するしかないのだから、僕はひたすら電話をかけ続けた。ふと地元の牛嶋神社が思い起こされた。間に合うものなら、願掛けでもしたい気分だった。

「すいませーん、遅れちゃって」

その直後、僕がかけた電話には出ないまま会場の控え室に件の女優の日本の担当者が飛び込んできた。そしてその後ろから、金髪の美しい女優が華やかな表情で入ってきた。事務所の担当者は、僕より先に顧客、クライアントの宣伝部長を見つけると、女優を紹介した。そのまま宣伝部長と女優が話している内に、僕のところにその担当者が飛んできた。

「ごめんなさい、車で来たんだけど、途中で洋服を買いたいって降りちゃって……」

僕は怒っているときのいつもの癖で、何も言わずにじっと彼女を見つめた。

「そんな怒んないでよ。河田さん」

僕の欠点は感情がすぐに顔に出ることだ。

発表会は大成功だった。新商品の化粧品を手に持って笑う女優の姿は、スタジオのライトに反射して輝く美しいクリスタルのような光だった。さっきまで僕にぶつぶつ言っていた発表会の責任者の宣伝部長もにこやかな笑顔に変わっていた。僕は、かなり怒っていたのだけれど、女優を見るうちに、たいしたもんだなと思い始めていた。

一瞬でその場の空気を変えてしまったのだから、さすがだと思った。

「河田さん、どんなタイプの女性が好き？」

ステージでインタビューが始まった頃、さっきの事務所の女性がいつのまにか僕の横に来て言ってきた。僕はもうあまり怒っていなかったが、怒った振りをして棒読みで言った。

「顔は広瀬すず、身体は杉本彩、心は天使のような女性！」

「……何、それっ？」

「タイプの子だ」

まだ僕は怒った振りして、彼女の顔を見ずにいた。

「……」

黙って彼女は離れていった。インタビューは続き、女優の最近出た映画の話になった。僕は、いつしかその映画を見てみようと思いながら、その美しい女優に見いっていた。

「河田さん、河田さんですか？」

土曜日だというのに、誰からの電話だろうと思い携帯に耳をあてた。

「えっ、誰？」

「川西ですよ、川西！」

例の発表会の時に女優を連れてきた事務所の女性だった。

「川西さん？　今日って何かありましたっけ？」

と言って携帯電話で時刻を見た。まだ9時30分だ。もうすこし寝たいと僕は思っていた。

「いや、そうじゃなくて、この間失礼しちゃったから、その埋め合わせで女の子を紹介しようと思って」

なんで土曜日の休みの日にと僕は電話を切ろうとした。

「……顔は広瀬すず、身体は杉本彩、心は天使のような女性」

僕はがばっとふとんから起き上がり、携帯に強く耳を押しつけた。

「いた？　そんなこ」

「いるわけないじゃないですか。……でもきれいな子だから、会いません？　モデルとしてちょこちょこ出てて、今日たまたまオフなんで、河田さんが時間があったらどうかなっと思って」

「埋め合わせなんかしなくてもいいのに」

と言いながら、僕は鏡の前に行ってすぐに顔を洗おうとしていた。

「時間あります？」

「午後ならいいよ」

「じゃあ、銀座のソニーの前で2時どうですか？」

「分かった。行くよ」

この間、あれだけ怒ったふりしたのに、まったく意味がないと僕は思いながら、はじめて女性を紹介すると言われて、いそいそと準備してしまう自分が情けなかった。

「分かります？　私の事務所小さいので、河田さんに嫌われたら困るんですよ」

僕は銀座の喫茶店で、川西さんの話をろくに聞かずに、紹介された美樹の顔ばかり見つめていた。

「ねぇ、聞いてます？」

僕の顔に川西さんが近くまで顔を寄せ、僕の目を見ていた。

「駄目だ、こりゃ」

と言いながら、連れてきた美樹と笑いあった。

「いやー、きれいな人だねぇ。美樹さんって」

僕が言うとあきれたように

「単純だなー、河田さんって。もうすこし理性ある人かと思った」

「理性？　あるよ、金はないけど」

僕の言葉に二人が笑った。

「どうでもいいですけどね、ともかく美樹はまだ彼氏はいないんですって。河田さんの話をしたら、会ってもいいって言うから連れてきたんです。分かります？　この間の埋め合わせ！」

「もう怒ってないよ。あの女優よかったよね。新商品のイメージ、バッチリ合ってたし」

「本当かな、この人。まあいいや、怒ってないんだったら。で、どうします？　二人だけで話してみます？」

なんかお見合いみたいだなと思いながら、僕は頷いた。美樹も頷いて、紹介されてから三十分後、僕と美樹はデートをすることになった。


中西美樹……。

僕がその時、会った女性の名は、中西美樹といった。髪の毛は肩まで伸びていて、美しい大きな目をしていた。なんとなく派手で、要求は常にはっきり言う、自己主張の強い女性だった。僕は、はじめてつきあうタイプの女性だったが、ともかく美しさに惹かれてしまったのだ。

僕は本来、あまり自己主張しないカホのような女性が好きだった。なぜあの時、美樹と付き合ったのか、僕のその時の気持ちときっと呼応したのだろう。話してみると、とても楽しかったし、何処に行くのにも美樹を連れて行けば、周囲がはっとして、僕たちを見たものだ。ともあれ、後先も考えないで、ただきれいだからと軽い気持ちで付き合ったのは確かだった。

僕の職場の近くにカフェがあり、僕はよくそこに美樹を呼んだ。美樹は自分のモデル事務所から近いこともあり、あまり断りもせず、そのカフェにきた。

「ねぇ、これから五時の仕事、行きたくないの。さぼっちゃおうかな。映画でもいかない？」

「モデルが約束破ったら、一発で仕事干されるぞ」

にやにやと笑いながら美樹は、僕の視線をそらさずにいた。

「美樹、わかってるの？」

「もち、でもね、やっぱりさぼりたいの。モデル、クビになっても、タッキーが食わせてくれるでしょ」

「よく言うねえ、僕はまだそんな稼ぎないよ」

僕は言いながらも、美樹に頼られていることが、なんとなく嬉しかった。カフェラテのカップに少し口をつけながら、僕はじっと美樹を見つめた。

「何よ、その眼？」

「わかんないの？」

美樹もうれしそうに、じっと僕を見つめていた。

「言葉にしてくれないと分からないわよ。何？」

「好きだ」

美樹は僕の直裁な言葉に、眼を大きくして、ほおを染めた。僕は、小さいときから、奥手ではあったが、あまり遠回しな言い方が出来なかった。素直な気持ちを表現しただけだった。美樹は、テーブルの上の僕の手を両手で握り、眼をふせた。

「……私も」

このテラスで美樹と会うのは、僕の一番の幸せだったのかもしれない。そのまま六本木や青山にある美樹の知っているショップやレストランに行ったけれども、その記憶よりも、このカフェでの記憶ばかりが今も残っている。

「風が気持ちいいわ」

美樹が船の上でささやくように僕に言った。

「そうでしょ、そうでしょ、なんたって、ボートの上は気持ちいいからね」

まったく雰囲気もリズムも壊すようにユーが言った。ユーに誘われて、ユーの三〇フィートはあるボートに乗り込んだのは、夏のはじめの夕暮れだった。夏にしては、少しはすずしげな風が吹く東京湾だったが、湿気は多く、みんなの顔に少し汗が浮いていた。

「わたし、ボートはじめて」

「えっ、そうなの、いつでも言ってよ、のせてあげるからさ」

ユーの言葉に僕はつづいた。

「あんまり本気にするなよ、たぶんこいつ遊び人だからな」

割に率直に言ったら、今度はユーがつっかかってきた。

「そんなことないよ、何言ってんだい」

そう言って湿気に満ちた眼鏡のフレームに指をあて、少し上げる仕草をするのだった。昔と変わらない、その姿に思わず僕は笑ってしまった。

「なんだい、何がおかしいの？」

「いやっ、悪い、なんでもない……いや、ユーは昔と変わらないなと思ってね」

えっ、というような顔をしてユーは僕を見つめた。

僕ははっとして、今のユーと僕の差を一瞬感じた。ヒルズにいるような企業の社長としがない会社のセールスマン。確かに、ユーは変わったのかもしれなかった。夕暮れの船上でみんなの顔がぼんやりとした時、ふと前にきらりと光を明滅するひときわ高い塔が見えてきた。スカイツリーだった。僕らの街に本当にこんな塔があったのかと思うほど、夕暮れに明滅するスカイツリーは美しかった。

「そろそろ戻ろうか？」

そうユーは言って船を少しずつ旋回していった。

「おい、タッキー、彼女、ぼくにゆずってくれないか？」

いつの間にか、僕の耳元まで、ユーは近づいてささやいた。今まで気持ちのよかった気分が一瞬にして崩れた。

「ふざけるな」

僕は多少怒気をこめて、ユーに言い返した。

「ふざけるな?……ふざけるなねぇ」

僕はまじまじとユーを見つめて思った。本当に、こいつは変わったのかも知れないと。

三

美樹がユーと付き合い始めたと知ったのは、それから大分経ってからだった。いつものカフェで美樹とカフェラテを飲んでいると、美樹の携帯がなった。なかなか美樹が出ないので、

「電話出たら」

と僕が言うと急ぎじゃないからいいのと美樹は言った。

僕は、お台場のレストランにでも行こうと思い、タクシーで次行こうかと美樹に話して、席を立った。その時、また美樹の携帯がなったので、何気なくその携帯をたったままのぞくと、着信名に川村祐二とあった。

「美樹、それユーか？　川村か？」

僕は驚いて美樹に聞いた。美樹は何も答えずに下を向いている。携帯の着信音はま

だやんでいない。僕は美樹の様子を見て一瞬にして、すべてを悟った。美樹はユーと、付き合い始めていたのだ。

「……ボートの時に電話番号聞かれて……」

「付き合い始めたというわけか？」

僕は怒りが全身をめぐり、手が震えた。すぐに美樹の携帯をとりあげ、鳴っている着信を受けた。

「もしもし、ミキちゃ〜ん」

聞きなれた、とぼけたユーの声が聞こえてきた。

「もしもしミキちゃんじゃねぇだろ」

「あれっ、タッキーかい、その声は？」

「人の彼女に手を出すなんて最低だな」

「いいじゃないか、タッキー。彼女は喜んでるぜ。今度、海外でも……」

途中で話をかぶせて、僕は強く言い放った。

「お前、金で女をつるなんて、最低だぞ。バカやろう！」

僕はそう言って携帯をきり、美樹に放り投げた。

「お前もお前だな、俺が嫌なら嫌とそういえばいいだろ！」

僕は、そう言って、その席から出口に後ろも向かず出ていった。

（終わったな……）

僕と美樹は、これで終わった。たぶんユーとも。


その後、会社にユーのＹ＆Ｙから、広告の発注をしたいので河田君を寄越して欲しいと電話があった。僕は上司の課長の席に呼ばれたが、

「行けるわけないじゃないですか」

と開口一番叫ぶように言った。

課長はせっかくの新規顧客なのでおかんむりだったが、事情を言うと分かってくれた。

「成り上がりは、これだから困るんだよな。金を掴むと何でもできると思っている。分かった、河田、他の者に行かせるから、お前は行かなくていいよ。それで広告取れ

なければ、取れないでいい。現段階では、部長に言うのはよしとこう。ダメになった時にうるさいからな」

「ありがとうございます。課長もなかなか話分かりますね」

「お前が言うなよ、もしかしたら会社にとっては、大損失なんだぞ」

もしかしたら、会社を辞めなくてはならないと思っていた僕は、意外な課長の対応に安堵した。

それにしても、ユーのやり方は、せこいと思った。この取引は、その後、それでも成立して、やがて会社にとっては重要顧客の一つとなった。テレビスポットも出るようになり、みんな急にこんな優良顧客がついたことが不思議に思え、あれこれと噂が出た。その中には、

「河田の女をY&Yの社長が取った埋め合わせらしい」

というもっともらしい話が出た。

僕は課長にしか言っていないので、課長が誰かに言ったのだろう。そうとう頭にきたが、どうでもいいやと思っていたので、そのままその話は放っておいた。僕は噂ほ

ど嫌いなものはなかった。本人の前ならいざ知らず、陰で言い合うのも気に入らなかった。ある日、居酒屋で課長と一緒になったので、一言言った。

「課長、話したでしょ、Y＆Yのこと」

「いや、悪い、つい面白くって、飲んだついでに話しちゃった」

まったく最低な上司だなと思ったが、あっさりあやまるところはかわいい。

「おもしろいって何ですか？　これっきりにしてくださいね、今度、言ったらバックドロップですよ」

「分かった、分かった。悪かったよ」

居酒屋で、僕は課長と飲んで話し、もうこの話はこれっきりになってくれればと思っていた。

「それでユーは元気だったのか？」

地元の回転寿司で久しぶりに会ったマコトが茶をすすりながら僕に言った。

「まっ、元気といえば元気だったけどな」

「うらやましいな、金持ちになっちゃって。きっとこの街にはもう戻らないな。俺たちとユーの生活じゃ、スカイツリーとこの地べたほどの違いがあるよ」

まったくだと僕は思いながら、ボーナスが出たので、この食事代は僕が出そうと思った。

「マコト、少しだけど金、入ったから、ここはおごるぜ」

マコトはうれしいそうに、うんと頷いて、それから猛烈な速度で寿司をどんどん手元にとって食べた。しかも高いネタから食べていく。しまったと思ったときは後の祭りだった。

しかし黙って見ている僕ではなかった。マコトに大方食べられたらたまらんと思い、僕ものすごい速度で、寿司の皿を手元に引き寄せて食べ始めた。どんどん皿がテーブルに重なっていく。

「あご、痛え、あご、痛え」

マコトが早く食べ過ぎて、アゴが痛いとつぶやきはじめた。今がチャンスだと思い、僕はそんなことは聞かない振りして、どんどん皿をテーブルに積み上げていった。

「ほぉー」

僕たちを見ていただろう周りの感心したような声が聞こえた。

ほぼ同じ高さの皿を食べて、僕はマコトと目を合わせた。

「相変わらずだな」

「いや、手加減したんだ、お前のおごりだからな」

マコトはにやりと笑って楊枝で歯のつまったものをとっていた。

僕とマコトは、この間、ほとんど話をしなかった。マコトがそれを気遣ってか、

「じゃ、つぎ、コーヒーでも飲みに行くか？」

と言うと
「おう」

と僕は言って立ち上がったが、先にマコトも立ち上がり、さっさと出口に向かって
いった。後はよろしくとのことだろう。僕が勘定をしていると、マコトが出口でしら
ないばあちゃんと話しているのが聞こえた。

「あんた、いい食べっぷりだねぇ」

「いや、日本男児ですから」

訳の分からないマコトの声を聞きながら、二万で足りないのかと、僕は財布からお金を出した。回転寿司で二人で二万は普通超えないよなと思いながら。


国道六号沿いの昔からある小さな喫茶店に入ると、そこにはカホがいた。僕が驚いて、マコトの顔をみると、

「さっき電話して呼んどいたんだ。たまには三人もいいかなと……」

「そうだったのか」

カホは、僕とマコトに静かな笑みをたたえて、席から立って僕らを待っていた。

「久しぶり」

「久しぶりね、元気だった？」

「まっ、かわらずというとこかな」

「カホは今何してるの？」

「相変わらず錦糸町の不動産屋さんで働いているわ。タッキーは？」

「今、広告代理店の営業。ＣＭとか、宣伝の営業やってるんだ。そういえば、マコトは今どうしてるんだ？」

「俺は、ずうっと同じ旋盤工場だ。働けど、働けど、わが暮らし楽にならざり……だけどね」

「お父さんはどうされてるの？」

「親父は、手の筋をきっちゃったから、ほとんど仕事ができなくなっちゃったんだ。朝から酒飲んでいるよ」

　僕が一か月にいくら入るのかと聞いたら、驚くほど安い金額をマコトは言った。カホも二十万円に届かずで、働いている年数の割にはとても安かった。僕は、彼らに比べるともう少しもらっていたが、二人の低い金額を聞いた手前、正直な金額を言うのは憚られた。これにユーも加えると給与の格差はスカイツリーとこの地上なみだ。

「ユーに会ったんだって、タッキーが」

「どうしてるの？　河村君」

「今や飛ぶ鳥を落とす勢いだよ。もの凄い大金持ち。この間、大きいボートに乗せてもらったよ」

「ボート！」

マコトとカホが顔を見合わせた。もっともなことだった。僕たちの間で、ボートなんてありえないから。

「それじゃなに、きれいな金髪の彼女でもはべらせてるわけ？」

マコトが聞いて僕はうなずくだけだった。彼女を連れていって、取られたとは言えやしなかった。

「河村君、ユー君は変わったわよね。六か月前に電話があったわ」

「えっ？」

僕は驚いてカホの顔を見つめた。

「何だって？」

マコトが聞くと
「私と付き合ってくれって、タッキーに会って電話番号聞いたからって、タッキーも応援しているって？」

マコトとカホが僕の顔を見た。

「電話番号なんて教えてないぜ。なんで俺がユーの応援するんだよ」

「そう？　会社にも、かかってきて、そう言ってた。なんか昔と別の人みたいで、恐くなって、断って電話きったわ。そのあとも二回ぐらいかかってきたけど、出なかった」

「おいおい、どうなってるんだ、ユーは？」

「なんか、とても軽くて遊び人の感じ、私もとても軽く扱われてる感じだった。久しぶりの電話だったのに」

僕は、静かに注文したココアを飲んでいたが、怒りが徐々に湧いてくるのを必死で抑えていた。六ケ月前というとちょうど、僕とユーが再会したときだ。確かにユーはカホに会いたいと言っていたが。ボートでも何も言っていなかった。自分で勝手に調べて、見つけて、電話したのだろう。美樹には手を出すし、カホにも声をかける。

それにしても、金があれば、なんでもできる、そんなユーの態度に僕は怒りが湧いてきたが、同時に心配にもなってきた。それから僕たちはとりとめもなく、最近の近況や好きな映画や好きな歌の話をした。美樹とのことでイライラしていた僕には、久しぶりの解放感だった。カホは……とてもきれいになっていた。

カホの不動産会社はご主人と奥さん、社員はカホを入れて三人、合計五人の小さな会社だった。錦糸町の駅から大通りを渡った、錦糸公園の近くにあった。高校を出てから、カホはそこでずっと働いていた。手取りで十八万円ほどで、雇用保険は入っていたが、健康保険は会社では入っていなくて、カホは自分で国民健康保険に入っていた。

喫茶店で、僕はカホの給与の金額を聞いたときに、あまりに低いので、驚いた。しかしマコトだって、大差はなかった。マコトの場合は、残業代で稼いでいるようなものだった。僕だけが広告代理店という職種柄、みんなより金額は多かったが、仕事の中身といったら……半分遊びながら仕事しているのではないかと自分でも思うほどに、適当だった。勝手に早退して美樹と遊びに行ったりしていた。成績さえよかったら、誰にも文句は言われない世界だったのだ。

それにくらべたら、カホもマコトも本当にまじめだった。毎日、自転車でカホは会社まで行っているという。家にお金を入れなくてはいけないから、今までたまに友達と会うくらいで遊びに行くほどの余裕はなかったという。本当はお母さんと一緒にもんじゃ焼きのお店を手伝いたいのだが、そうするともっと家は厳しくなるのだという。業平界隈で、そんなに賑わうお店などないのだから、それもうなずける。僕らが毎週、土日に行ったって、おいつきはしない。

僕は、たまに朝早く、自転車に乗って錦糸町に向かうカホの姿を見たことがある。いつも涼しげで、少し長い黒髪を揺らして、さっそうと走って行くのだった。手が届きそうで届かない、僕とカホの距離はいつもそうだった。僕は直接は聞けなかったが、つきあっている人はいないような気がした。僕たちは、久しぶりに話ができて、とても幸せだったと思う。こんな安らいだ気持ちになるのは何年ぶりだろうと僕は思い、頼んだココアを少しずつ飲んでいた。

マコトのお父さんが自殺したと聞いたのは、三人で会った日からほどなくだった。泣きながらマコトが電話してきたのだ。

「ありえねえ、ありえねぇ、ありえねえよ」

いったい何のことを言っているか、はじめは、分からなかった。ただ大きな嗚咽と時々わかる言葉から、とんでもないことがおこったのだと僕は思った。なぜあんな気のいいマコトの身にそんなことが起きるのか、父一人、子一人のマコトの生活のすべてが崩れ落ちていった。

あとで分かったことだが、マコトの親父さんは、完全なうつになっていて、手の筋をきって仕事が出来ないことばかりを一日中悔やんでいたという。朝から酒をあびるほど飲み、外には出ずに、自分の手ばかりをみつめていたらしい。マコトは、気にはなっていたのだろうが、生活のため、仕事漬けの毎日だったらしく、あまり気が回らなかったようだ。あの日、僕と回転寿司を食べて、カホに会って、楽しく過ごした日も、本当は遅くまで仕事をしなければ、いけないはずの日だったのに、無理して出てきたらしいのだ。

すぐに僕は、隣のマコトの家の門をくぐって、様子を見に行った。マコト以外は、まだ二人ぐらいしか人がいなかった。マコトは白い覆いがかかっているお父さんの遺体の前にくずれるようにすわっていた。

「マコト」

僕がマコトの肩をたたくと、マコトは振り向いたが、その顔はくしゃくしゃだった。

「タッキー……、見てくれよ、親父が冷たいんだ」

マコトは、お父さんの手を取ってそう言った。僕は何も言うことができずに、ご遺体の前で正座して、手を合わせた。小さいたたみの部屋には僕とマコト、そして親戚の人かと思っていたが、あとで警察の人だと分かった三人がいるだけだった。医者は既に帰っていた。部屋の上部に、マコトが柔道をしている写真、マコトとお父さんが、賞状をもって、並んで二人で笑っている写真が飾ってあった。僕が小さい時によく知っていたマコトのお父さんは、いつも笑っていて、

「いつもマコトが面倒見てもらって悪いねぇ」

と声をかけてくれる人だった。

墨田区の近くの工場に毎日働きに出ていて、機械を動かしていたらしい、鉄鋼だったか、なんだったか当時は分からなかったが、それは僕の両親の印刷の仕事に似ているように思え、とても親近感があった。マコトが中学の時に、回している機械で手を切ってしまい、筋が完全に断絶してしまった。それから機械を回すことができず、工場もやめることになった。マコトは、そのため高校には行かずに、やはり近くの旋盤をまわす工事に働きに出るようになったのだ。筋をきってからは、マコトのお父さんには、隣にいるにもかかわらず、あまり会わなかった。

もっとも僕は大学を出て社会人になってから、家に帰る時間が遅くて、会う機会もなかった。まさか朝から酒を飲んで、うつのような状態になっていたとは思いもよらなかった。酒をのんでいることは、ついこの間、僕とマコトとカホが久しぶりに会った喫茶店で聞いたばかりで、時々会うマコトは、親父が精神的にまいっているなんてことは、おくびにも出さずにいつも明るかった。働いても働いても、金が貯まらねぇよとは言っていたが、まさか家のすべてをかかえて生きているとは思ってもいなかった。

今さらながら後悔の念が、僕の胸を大きく占めていた。今出来ること、それは、マコトのそばに居ることだけだった。

「すいません、友達のお父さんがなくなったので、二、三日休ませてください」

マコトの家を少し出て、僕は上司に電話した。

「友達って、お前、それじゃ公休にならないぞ」

「いいんです、公休扱いじゃなくて。僕の家の隣で、世話になった人なので」

少し間があったが、

「分かった、悔いのないようにしろ」

「ありがとうございます」

こういう時は、いつも課長は男気があった。おしゃべりさえしなければ、理想的な上司だった。

家の中に戻り、

「マコト、会社休み取ったから、手伝うぞ」

と言うと、マコトは、精気がない感じで僕に振り向き、それでも絞るように
「ありがとう」

と言った。

「それでは、私は失礼しますので、何かありましたら、ここに連絡ください」

名刺を置いて警察は出ていった。事件性はありそうもないと判断したのだろう。誰が見ても明らかに自殺だった。遺書はなかった。警察が帰った直後に、ガラガラと戸が開いた。声もなく、たたみの部屋に入ってきたのはカホだった。

「マコト君……」

マコトは振り返り、カホを見ると、

「死んじゃったよ、俺の父さん。なんでなんだ。ありえねぇよ」

カホも言う言葉が見つからないのか、そっとマコトの肩に手をおいてから、遺体の前で正座して手を合わせた。僕は、持ってきた紙の切れ端にこれから必要なことを書き出していた。そういえば、焼香するものもなかった。葬儀屋も呼んだのかどうか。

「マコト、悪いが少しだけ話そう」

そう言って僕は、ちゃぶ台をはさんで、マコトと必要なことを確認するのだった。カホも入ってくれて、結局三人で、あれこれ手配することになった。

……葬儀は簡単なものだった。お金が少ししかかけられないということだったので、葬儀は葬儀屋さんの一番安価なコースにした。受付などは、僕とカホ、カホのお母さん、それと町内会の人に手伝ってもらった。マコトの柔道部時代の友達も多数かけつけてくれて、小さな葬儀を、割と賑わいのあるものにしてくれた。マコトは友達が多かった。誰一人、マコトに多くを語る者はなく、ただマコトのそばにいてくれていた。僕とカホがそうであるように。

それからしばらくマコトは無口になった。僕は、なんどかふらっと、マコトの家に寄ったり、電話したりしたが、言葉は少なかった。それでもこいつの側にいてやろうと思っていたので、葬儀からしばらくは、営業の飲み会も少し控え、マコトのところに顔を出した。

「俺んち、もう金ないや」

ふとマコトが言った。葬儀に使ってそれでなくなったというのだ。

「貯金は？」

「そんなもん、あるわけないだろ」

僕は黙って、マコトの家の小さな畳の部屋で茶をすすった。

「少し休んだら、どうだ？」

「悲しんでいられるのは金持ちだけだ。そんなことしたら、俺も生きていけねぇよ」

「……世の中、厳しいな」

「全くだ」

「回転寿司、食いに行くか？」

「お前のおごりならな」

「もちろんだ」

僕はカホにも電話をして、この前、行った回転寿司に三人で行った。

「いらっしゃい」

明るい店内に響く、店員さんの声は心地よかった。

「さあ、食うぞ」

そうマコトは言って、先日と同じように黙々と寿司を食べた。カホはさすがに静かに食べていた。三人で、ほぼ何も会話もしないけれども、それだけでもよかった。マコトがトイレに行っている間に、カホが言った。

「川村君にもすぐに電話したんだけど、葬儀の時は来てくれなかったわね」

「あっ、電話したんだ」

「うん」

「あいつのことだから、忙しかったんだろ」

「でも友達でしょ！」

いきなり僕がびっくりするような、はっきりした声でカホが言った。

「忙しいとか言っている時じゃないでしょ」

「そういえば、そうだな。でも……マコトの前では言うなよ」

「わかってるわよ」

何か怒っているようなカホの声だった。

「悪い、悪い、また食うぞ」

「マコト、どうでもいいけど、ズボンにしょんべんのあと残ってるぞ」

「えっ？」

そう言ってマコトは自分のズボンを見た。

「嘘だ、嘘だ」

僕が言うと、マコトはじっと自分のズボンを見ながら
「ほんとうだ、少しついている」

「なっ、そうだろ」

ほんとうにマコトの白っぽいズボンにしみがついていた。

「何言ってんのよ、あんたたち」

カホが加わり、マコトが笑った。僕もおかしくなり、笑いながら、

「悪い、悪い、からかうつもりが、ほんとにあったなんて」

「レディーの前で失礼だろうが」

そう笑いながら、マコトは自分の席について、
「さっ、また食べるかな……白いズボンはこれだから困るんだよ」
その言葉に、カホと僕は顔を見合わせて、また笑った。マコトもクスクス笑ってい
る。葬儀から、一ヶ月ぶりのマコトの笑顔だった。もちろんその時の回転寿司のお金
を、マコトは払わなかった。

マコトのお父さんがなくなって、三ヶ月後、今度は僕が会社から解雇された。

四

いったい何か起こったのか、僕は分からなかった。

「河田君、真に申し訳ないが、業績悪化のため社員の三分の一の人に辞めてもらうことになった。ついては申し訳ないが、君にも辞めてもらいたい」

人事課長からその言葉を聞くまでは、僕は会社に必要な人間だと自負していた。それが一瞬にして崩壊した。

その後に聞いた話では、社長が会社のお金で、かなりの株式売買をしていたらしいのだが、それが失敗して莫大な借金をつくったという。古参の社員が残り、若い人たちが切られるという異常な人事だった。僕には何が起こったのか、よく分からなかった。会社とは、こんなものかとも思った。こんなことだったら、親父の工場でもやればよかったと思った。もっともその頃は既に借金で首が回らないと親父が言っていた時だった。

街で、僕はマコトとよく飲むようになった。これまでは僕がマコトを慰めていたのに、今度はマコトが僕を慰めることになった。

「災難だったな、タッキー、でもお前ならすぐまた仕事はみつかるよ」

「なんか一瞬だな、何かをなくすのって」

僕は自分のことをいったのだが、しまったと思った。マコトの父親のことを考えていったわけではない。

「本当だ、まったく一瞬だ」

ビールジョッキを見つめながらマコトはぽつりと言った。何にせよ、僕とマコトは大事なものを失ったわけだが、もちろんマコトのショックの方が大きいに決まっている。

「貧乏はなれているからいいけどさ……かっこよく、いってたんだけどな」

僕はわざと自分を茶化して言った。その時、ふとマコトは真面目な顔を、僕に向けて一言、言い放った。

「ふざけんなよ。真剣に仕事探せよ。中卒の俺なんかじゃ、すぐ見つからないんだぞ」

突然、ヒヤッとしたものを僕は感じた。僕とマコトの同じようで違う一線を見たような気がしたのだ。僕はうつむき、自分のことを考えた。中学卒業以来、マコトの方がはるかに厳しい道を通ってきたのに、僕は広告代理店という職種もあり浮かれていたんじゃないかと思った。モデルと付き合い、派手な人たちと仕事をして、自分の足元が見えていなかったのかもしれない。

「そうだな、悪い、心配してくれて」

「そうだよ、タッキー、分かったか。お前はまだ親父もおふくろもいるんだからさ、頑張れよ」

この言葉にはまいった。はじめて、僕はマコトの心の声を聞いたような気がした。父親も母親もいない……それでぐれもせず、黙々と働いている。僕は中学の時にマコトの柔道を見て以来二度目にマコトはたいしたもんだと思った。

「そうだな」

ポツリと僕は同じ言葉を言いながら、ビールを一気に飲みほした。


仕事は思うように見つからなかった。はじめは求人募集の雑誌を見て、同じ業種の広告代理店に片っ端から電話したが、中途採用をしているところが少なく、募集しているところは、何か怪しげなところが多かった。近くのハローワークにも行って、パソコンで仕事を探したが、結論的には辞めさせられた会社のような給料をくれるところは、まったくなかった。給料のランクを落としても、まず広告代理店は不可能、次に業種にこだわらずに営業の仕事がないかどうか、主にハローワークを中心にして探していった。いろいろと出てきたが、履歴書をもって、面接に行くと、どうも雰囲気がおかしいところが多く、決めかねていた。

「ター坊、いつまでぶらぶらしているのよ、工場が大変なんだから、父さんの手伝いでもしてあげなさいよ」

母さんが、僕の部屋に入って時々同じようなことを何回か言っていた。「ぶらぶらして……」には、頭にきたが、おおよそはその通りなので、黙って聞いていた。

そのうちにふと、工場まで父さんの姿をのぞきに行った。昔のように騒々しくはなく、しんとした工場の中には、今は父さんと工員一人しかいなかった。印刷前の準備をしているようで、父は眼鏡をときどきあげてはこれから刷るだろう印刷物の見本を見ていた。

オフセットの印刷機は、とても価格が高い。家を抵当に入れて借金して買った印刷機だが、払い終わる前に会社の状況が悪くなった。今は、銀行に頼んで、元金をほとんど払わず金利だけ払っているありさまだった。もう借入なんてできない。家を売っても、借金がすべてなくなるかどうかは疑わしかった。

「どうした？　ター坊？」

「いやっ、なんでもない」

覗いているのを父さんに見つかった僕は、そそくさと工場を出て、そのまま家から街に出ることにした。ユーの六本木の会社の風景が思い起こされた。一瞬で財をなして、あのでかいビルの中で、人をバカにしたように「今、ハッピー？」と僕に言ったユー。そしてひと言も言わずに、僕の彼女を横取りしていったユー。

それに比べて、僕が生まれる前から印刷機械をまわして、一時は日曜も休みもなく働いてきた父さん、お金がいつもなく、それでも働き続けて僕を支えてくれている父さん。この二人のギャップはなんだろうかと思った。

道端の自動販売機でゼロコーラを買って、飲みながらふと見上げると、そこにはスカイツリーが青空に凛と立っていた。スカイツリーの天空の生活がユーならば、父さんや僕の生活はこの地上の生活だ、僕はそう思った。溜め息しながらゼロコーラを飲みほし、僕はふと、もんじゃ焼きを食べたくなった。


久しぶりのカホの店には、相変わらずカホのお母さんがいて、僕を見つけるなり、

「河田君、もんじゃ焼き食べる？」

と聞いてきた。

「おばさん、お久しぶりです。はい、食べさせてください」

そう言って僕は、店の中に入って、卓についた。昔は賑やかだったこのお店も、今

日は僕以外のお客さんはいなかった。

「今日はね、カホもいるのよ、呼んでくるわ」

そう言って僕の言葉も待たずに家の中に入り、

「カホ、カホ、河田君よ」

と大きな声でどなっていた。

相変わらずだな、と僕は思いながら、なぜかカホがくるのをドキドキして待っていた。

「タッキー！」

カホは家の二階から下りてきて、僕の卓にきた。

「おう、久しぶり」

「おう、じゃないわよ、会社、辞めたって聞いたわよ、何してんのよ。心配してたのよ」

「いや、辞めたんじゃなくて、辞めさせられたんだけどさ。まっ、いいや、一緒にもんじゃ食べようよ」

僕は、カホと対面で話すのは、そして二人だけで話をするのは、とても久しぶりだった。もしかしたら、中学の頃に隅田公園で話して以来かもしれない。もっとも、すぐ近くにカホのお母さんがいるのだけれども。

「カホ、どうしてるの？　元気？」

「うん、元気よ。それより、タッキー、やっぱり仕事決まらないの？」

「なかなか厳しくてね……」

カホのお母さんがもんじゃ焼きの具を持ってきた。

「河田君、うちのカホ、なんとかしてよ、女友達しかいないのよ。たまにはデートする相手でも連れてきなさいって言うんだけどね」

カホのお母さんは、笑いながら言うのだけど、カホの顔は笑っておらず、頬が少し赤らんでいた。

「まっ、しょうがないでしょ、今度、僕がデートでも誘いますから」

「河田君なら良いわね、ぜひお願いね」

そう言って、笑いながらカホのお母さんは奥へ行き、次はサイダーを二つ持ってきてくれた。

「カホ、しょうがないな、おばさんを心配させて。今度俺とデートでもするか？」

まったく大事なことを、こうも軽く言えるタイミングは、今をおいてなかった。案の定、少し頬を赤くしながら、カホは困っていて、伏し目がちだった。しかしふと、顔を上げて、僕に言った。

「そうね、今度スカイツリーでも行きましょうか？」

「そうだな、僕も上まで行ったことないからな、まだ混んでるらしいけど」

カホは、卓の鉄板に油をひいて、僕のもんじゃ焼きの具でドテを築きながら、汁を流し込んでくれた。僕は、その時、ふと思った。

（僕はカホが好きなんだ）

僕とカホは久しぶりにいろいろなことを話した。本当にいろいろなことを。

その後、僕とカホ、そしてマコトとは、また中学の時と同じように会うようになった。カホのお母さんのお店でもんじゃ焼きを食べたり、業平の居酒屋、回転寿司、スカイツリーには上らないけど、その下のカフェなどによく行った。要は、僕たちの街の中だけのことだった。いろいろなことがあったけれど、やはり友達はいいものだなと僕は思っていた。


まだ僕の仕事も決まらないある日の土曜日、突然、美樹から携帯に電話があった。

「河田さん?」

「美樹か?　何、今頃?」

僕がそう、つっけんどんに言うと
「川村さんが、……川村さんがビルから飛び降りようとしているの」

僕は、一瞬意味がわからなかった。

「なんだって」

「川村さんがマンションから飛び降りようとしているの」

僕は、そのまま聞いたばかりのユーの青山のマンションへとタクシーで向かった。

五

　高層階の、しかもこの夜のベランダは、とても強い風が吹いていた。部屋の電気を消して、ユーは窓からベランダに出ていた。僕たちが来ると、振り向いて、金切り声をあげた。

「来るな、来るな」

　僕と美樹は静かに近づいていって、親しげな、優しい声をかけようとした。

「何やってんだ、ユー、死のうとしているのか？」

　まったく思いと裏腹の言葉だった。ベランダの影は、一瞬ぎくりと、したようだった。

「……タッキーか？」

「ああ、そうだ」

僕は美樹を後ろにやって、さらにベランダに近づいた。

「来るなっ、来るなよ」

「どうしたんだ、ユー。絶好調のお前が、そんなところで何やってんだ?」

風が僕と美樹にも吹きこんできた。おそらくユーのいる位置はかなり強い風だろう。

「終わりなんだよ、終わり。全部なくなったんだ」

僕は後ろを振り向いて美樹に、けげんそうな顔を向けた。

「河村さん、仕事に失敗したの」

小さな声で美樹は、僕に教えてくれた。あれだけの成功を、若くしてやりとげたユーに、何が起こったのか? 僕には何が何だか分からなかった。

「ともかくさ、ユー、部屋に戻れよ。少し話そうぜ」

「いやだ」

間髪入れずにユーの声がした。

「何があったんだよ? 仕事か? 失敗なんて誰にでもあるだろ」

「……タッキーには分からないんだよ。仕事のことなんて」

僕はこのユーの言葉に、絶体絶命の状況下で、カチンときた。

「俺に分からないって、お前、何様のつもりだ」

後ろから、美樹が僕の服を引っ張る。やめてくれという合図だろう。

「タッキー、俺は何十億もなくなったんだ。会社も駄目になった。もう駄目なんだ」

僕はふと、ユーの言葉から、僕の親父や、マコトやマコトの親父、カホのことが浮かんできた。みんな懸命に働いている。お金はまったく貯まらないけれど、こんな高層マンションに住めやしないけど、みんな必死に働いている。

「ユー、マコトの親父さん亡くなったの知ってるか？」

「……ああ、知ってる」

「なんで葬式に来なかったんだ。俺たちに会うのが嫌だったのか？」

「……」

「みんなさ、みんな一生懸命働いてんだよ。マコトはなぁ、親父さん死んでも、働いてんだよ。一生かかっても、こんなマンション住めないけど、働いてんだよ。なのにお前は、いい目にあって、美人の彼女も俺から取って、仕事失敗したから、死にますだと。ふざけんな。みんながやれないことやったんだろ？　一回ぐらいの失敗で死ぬなよ」

「……河田さん。川村さん、まだ死ぬって言ってない」

「えっ？」

僕は後ろの美樹に振り向き、

「そうなのか？　死ぬんじゃないの？」

美樹は大きく首を振って、

「よく分からない。死ぬとか言わないで、刺激しないでよ」

僕はよく状況が分かっていないのかも知れない。しかし飛び降りようとしているのは確かなようだけど。

「何話してんだよ、タッキー、俺の美樹と」

「俺の美樹だって？　お前の美樹じゃなくて、俺の美樹だったんだろ？　なんか、ややこしいな。とりあえず、お前、飛び降りようとしてんのか？」

「ああ」

状況は曖昧だけど、ユーが死のうとしているのはやはり間違いなさそうだ。

「おい、ユー」

「……なんだよ」

「飛び降りるんだったら早くしろ、ここ寒いぞ」

「えっ、タッキー、助けに来たんじゃないの？」

「いや、はじめはそのつもりだったけど、このマンション見て考えが変わった。お前良い暮らししてたんじゃないか。もう死んでもいいかもな」

一瞬、ユーの目がきょとんとして、すぐに部屋の僕たちから、夜の東京が深く控えるベランダの外へと向き直った。ベランダの塀をよじ登ろうとした次の瞬間、僕は今だと思って、部屋の窓から出て、ベランダのユーに抱きついた。

「おっ、おっ」

ユーが何か言っているのは分かったが、もうどうでもよかった。僕は、ユーをベランダの床にねじ伏せ、ついでにユーの顔を一発殴った。ユーの眼鏡がはじき飛ばされた。

「バカヤロー」

僕は、夜のベランダで本気で組みしいたまま、ユーに叫んでいた。マンションの部屋の方で美樹が、大きな声で泣き出していた。

ユーのマンションに、マコトとカホが後から来てくれた。僕はなかば脅しながら、ユーがベランダに行かないようにして、彼の話をみんなで聞くことになった。

ユーは、追い詰められていた。会社には、ユーの取り巻きのような人たちが出来て、中にはどこから来たのか、ユー自身も知らないような人が入ってきていた。おだてられて、いろいろな投資にお金を使い、とても冷静だったユーの判断は崩れていった。特に会社の買収、M&Aの話が進み始めてから、ユーの手に負えない状況になっていった。人間、高みに行くといい気になるという典型だった。おまけに褒められるとユーは弱かった。

そんなユーをいつも心配していたのは、恋人の美樹だった。あまりへんな人とは付き合わないようにと美樹はユーに度々進言したが、いつもユーの「お前には仕事のことは分からない」の一言ではねつけられていたという。

知らない間に会社のお金は激減して、それに気付いたユーが、ゲームソフトの開発で逆転しようと多額の投資をして、またそれも失敗した。会社は、すぐに資金繰りが出来なくなり、ユーは、多額の借金を背負う状況になってしまっていたのだ。若い起業家にありがちな転落劇だった。

「頭いいと思ったけど、馬鹿だったなぁ」

ひと渡り、ユーの話を聞いて、ぽつりとマコトが言った。

その瞬間は、みんなシーンとしていたが、カホがあまりにも率直なマコトの言葉にクスクス笑い出し、僕も確かにそうだと思って、にやにやして、結局耐えきれずに、みんな大笑いになった。ユーは、真っ赤な顔をして怒りながら、少し変形した眼鏡に

手をやり、

「なんだよ、笑うなよ、大変だったんだから」

昔と変わらない、その言い方に、さらに僕たちは大笑いした。

「お前、死ぬなよ。頭、俺たちより良いんだろ、また成功して、俺たちを食わしてくれっ」

マコトは、まったくデリカシーのかけらもない言葉で、ユーを励ました。

「そうよ、川村君。借金で死ぬのなんて馬鹿馬鹿しいわよ。仕事の失敗が何よ。私たちより全然恵まれた生活してきたんじゃないの」

カホが言うと
「そうだよ、俺なんかリストラだからな、リストラ、分かる？　ユー君、リストラって知ってる？」

僕がそういうと
「えっ？　あの会社辞めさせられたの？」

「ああ、そういうことになっちゃってね。これでも、かなりへこんでたんだけど、今のお前見てて馬鹿らしくなってきた。お前より、借金はないかなってね」

ユーが少し笑った。

「ひでえな、タッキーは」

マコトとカホは十年もユーとは会っていない。それなのにユーが死にそうだと聞かされて、一も二もなくここまで駆けつけてくれた。そして、僕たちは、自然と子供の頃と同じような会話をしていた。ユーも落ち着いてきたと見えて、いつまでも僕たちの輪から離れたがらなかった。

カホやマコトは明日、仕事があるからと帰ったが、僕は仕事もないし、念のため、このマンションに泊まることにした。美樹がそうしてくれと強く言ってきたこともあるが。ユーは、僕と美樹が同じ部屋で寝ないように、ぼくだけソファで寝てくれと言ってきた。この野郎、と思ったが、まぁ、そんな心配するぐらいなら大丈夫かなとも思い、ホッとした。

僕はユーの心配もせず、翌日のお昼頃まで彼の家で寝ていた。

六

「ばかじゃないの、タッキーは。親父の仕事やるなんて」

ユーのマンションで、遅い朝食、いや昼食を食べながらユーからぽつりと言われた。どうして、助けたユーにこうまで言われるのか、頭にきた。

「うるさいなぁ、昨日あれだけ死ぬとか言っていたの誰だよ」

「誰が考えても、つぶれそうな親父の会社手伝うなんてありえないだろ？」

「うるさいなぁ、おれの人生だろ？　お前が言うな」

「だってタッキー、絶対損だぜ。損な道行くやついるかよ。お前だったら、いくらでも行くところあるだろ？　なんだったらおれが紹介してやるよ。広告代理店ならいくつか知っているからな」

「お前なぁ、会社倒産したんだろ？　偉そうに言うな」

「タッキーはどうしてそんなにデリカシーないの？　昨日おれ、自殺しようとしたんだぜ」

ユーに言われてみると、なんでこんなやつ、助けたんだろう？と思った。反省も何もないいやつだなと思った。

それにしてもユーの思考回路と自分の思考回路は違うようだ。成功して一瞬にして失敗するやつは分からないものだ、と思った。また親父の工場を手伝おうと言ったのはユーが初めてだったが、反対されたのも初めてだった。これから何人にも言われ続けるはじめの言葉だった。それだけ僕の決断は、損な決断だったのだろうか？　夕刻、ユーのマンションから帰るとき、ユーはぽつりと僕に言った。

「俺、街にもどっていいかな？」

ぼくはしばらく黙っていたが、ドアを閉めるときに言った。

「もちろんだ。戻ってこい」

七

僕の家は、一階が小さな工場だった。一年中、少しひんやりした空気が占めていて、人が入ると次第に暖かくなり、機械が回ると熱気を帯びてくる。機械は古いが、よく手入れがされていて、丁寧にセッティングすれば、まだまだよく動く。広告代理店を辞めさせられて、仕事も決まらずにいたある土曜日の午後、同じように僕は何気なく働く父さんの後ろ姿を見つめていた。僕は、小さい頃から今まで、こうやってよく工場の入り口の父の机から、父さんや母さんを見ていたものだ。

「もう借金も限界かな」

「これで俺が倒れたら一巻の終わりだ」

「孝にだけは、こんな苦労させたくない」

最近の父さんと母さんの会話を、僕は聞き逃さなかった。僕は父さんの後ろ姿を見つめながら、それらの言葉を思い出していた。

ユーの自殺未遂以来、仕事が見つからない焦りが消えて、もっと人生をちゃんと考えなくっちゃという気持ちになっていた。

「河田君のお父さん、大丈夫？　今はお仕事大変じゃないの？　この間、おばさんが言ってたわよ。私の会社も小さいから、大手が来るとすぐに仕事がとれなくなっちゃうの」

カホの何気ない言葉も浮かんでくる。

土曜日でいつも一緒に働いてくれる工員の人はいなかった。僕は、父さんが土曜日に休んでいるのを見たことがない。土曜日は、そんな父さんを途中で母さんが工場に入って手伝う。

小さい時から、そうだった。

三時のお茶休憩で部屋に戻ってきた父さんに、僕は思い切って話しかけた。

「会社、大変なのか？」

「ああ、……お前は考えなくていいぞ。そんなこと」

父さんは、僕の目の前で茶をすすりながら、答えた。

「そうよ、孝、あなたはそんなこと考えなくていいのよ」

母もそう言った。

「ああ、身体気をつけて」

そう言いながら席を立ち、二階への階段に行く途中振り向いて、

「父さん、俺、工場、手伝うよ」

僕がそういうと、父さんも母さんもきょとんとした顔で僕を見た。


スカイツリーの展望台に行くには、四階のフロアでチケットを購入しなくてはいけない。土曜日なので、とても混んでいて、チケットを買うにもくねくねと長い行列に並ばなくてはならない。スカイツリーが出来てこの方、ショッピングモールには入ったことはあるが、展望台に上るのははじめてだった。

「ねぇ、河田君、大丈夫？」

隣でカホが僕に話しかけてきた。いつも不機嫌になるか、怒っていると黙ってしま

うクセが僕にはあるが、しばらく黙っていたので、この混雑に不機嫌になったかと思ったのだろう。実際は、はじめての僕とカホのデートで何を話していいのか、よく分からず話題をあれやこれやと考えていたのだ。

「いや、しょうがないよね、土曜日だしさ。それよりカホは大丈夫？　イライラしない？」

「全然大丈夫よ、会社の人と来た時も混んでいたから、覚悟してきたもの」

「いつもこんなかね？」

「平日なら、少しは違うと思うけど」

まったく気の利かない会話しか出来ない二人だなと僕は思いながら、横にいるカホを見つめた。夢のようだった。長い長いトンネルをくぐり抜けた先にカホがいたなんて。

「で、お父さんのお仕事手伝うことにしたの？」

「ああ、あのままだと親父、倒れちゃうからな。うんもすんもないよ」

「お父さん、喜んでたでしょ？」

「どうかな。未だに反対しているよ、こんな仕事駄目だとか、お前、油まみれになれるのかって。でもどうかな、やはり少しは嬉しいみたいだけどな」

「よかったわ、本当に良かった」

少し薄暗いフロアの中でカホは満面の笑みだった。

僕が親父の仕事を手伝うことに賛成してくれたのはカホとマコトぐらいだった。他の人たちは、口々にやれ損だとか、先がないとか、今時親の犠牲になるのかとか、わかったようなことばかり言ってきた。

僕は確かに計算はないけれども、何か大事なことをくぐらなければ先がないと思っていた。一日たいしたお金にもならないお金を稼いで、親父たちは僕を育ててくれたのだから、困っていたら助けるのは当然だと思っていた。別に気負ったわけでもなんでもない。もし借金で倒産したら倒産したときだと思っていた。少なくとも親父たちだけに苦しみを背負わせることにはならない。

「大人二枚」

ようやく僕たちはチケットを買えたのだが、スカイツリーの展望デッキは二段階になっている。まず地上から三五〇メートルのところに行って、四五〇メートルの一番高い展望台に行きたい人はそこでまたチケットを買って行くというしくみになっていた。

僕は初めてなので、要領を知ったカホが僕の手を引っ張ってどんどん進んでいく。初めてのデートだというのに、まったくカホに仕切られ、引っ張れていく自分が情けない。エレベーターの中はなにやら日本風の光でまぶしたかんざしを集めたようなデザインで、江戸の粋とはこういうことかと僕は思った。

「早いのよ、このエレベーター」

僕はエレベーターの中の美しさに惹かれてカホの言葉をあまり聞いていなかったが、約五十秒で展望台にきた。人混みに押されながら、エレベーターからデッキに出ると、そこは別世界だった。僕ははじめて、カホの手を握り返した。カホはふと僕を振り向くと、少しほほえんだ。

「すごい……」

今度は僕がカホの手を引っ張って、窓際まで歩いて行った。

そこにあるのはまさしく絶景以外の何ものでもない。大きな青い空の下に東京の全景が映し出されていた。空はあまり雲もなく、遠くの山の稜線までかすかに見えている。大きなビル群も眼下にあって、その連なりは人々の圧倒的なエネルギーを静かに集積した巨大な絵画のようだった。先ほどまで前を歩いていたカホは僕のやや後ろにいた。

数日前僕はカホに電話した。それは僕が父さんの仕事を手伝おうと言い出した日だった。

「カホ、僕と結婚してくれないか」

電話口でしばらく沈黙が続いたが、そのうちクスクスと笑うカホの声がした。

「タッキー」

カホは親しげにわざと河田ではなくタッキーと言った。

「いやか?」

「いや、いやじゃなくて、ちょっと早いんじゃないの? まだ私たち、つきあってもいないのよ」

「そうか、まっ、善は急げというし……」

その言葉にかぶせるように
「デートしましょうか？　私たち」

何か楽しげなカホの声だった。

「そうだな、とりあえずデートか、順番があるからな」

僕はカホに言ったが、きっと僕はカホと結婚すると信じていた。会ったときからカホは僕の手を握って先に歩き始めた。まるで何年もそうだったように。

僕は展望デッキで振り返り、カホの嬉しそうな笑顔をみた。

「カホ、俺たちの家見えるかな？」

「えっ、どうかしら、高いからねぇ」

僕とカホは手を繋ぎ、まず隅田川を探した。ぐるりと一周近くすると隅田川が見えた。すぐそこに牛嶋神社、その先に浅草が見える。隅田川の手前をこわごわと眼下に見ると、そこに僕の家が見つかった。

「あっ、見えた」

「えっ、見えるの?」

「ほらっ」

「……本当だわ、わたしの家は」

僕は自分の家から、おおよその方角を見て、カホの家をすぐに見つけた。そして僕はそれを指さし、カホを見つめた。僕はもう一度窓から見える東京と自分の家やカホの家を何度もあきずに見つめた。カホは黙って僕をみつめて、うなずいた。

(この街で生きていくんだ)

僕はふとそう思った。

(この街でカホやマコトにユー。親父と母さん、みんなと生きていくんだ)

僕はカホの手を少しだけ強く握った。

もう迷うことはない。

この物語はフィクションであり、実際の人物・
団体とは一切関係ありません。

〈著者紹介〉
東 晃司（あずま こうじ）
東京の下町で生まれ育つ
十代の頃から、小説を書き、作曲をしている

TOKYOリバーサイドストーリー
もんじゃ焼（や）き編（へん）

2023年11月29日　第1刷発行

著　者　　東 晃司
発行人　　久保田貴幸

発行元　　株式会社 幻冬舎メディアコンサルティング
〒151-0051　東京都渋谷区千駄ヶ谷4-9-7
電話　03-5411-6440（編集）

発売元　　株式会社 幻冬舎
〒151-0051　東京都渋谷区千駄ヶ谷4-9-7
電話　03-5411-6222（営業）

印刷・製本　中央精版印刷株式会社
装　丁　　弓田和則

検印廃止

Printed in Japan
ISBN 978-4-344-94664-4 C0093
幻冬舎メディアコンサルティングＨＰ
https://www.gentosha-mc.com/